文学理论教育教学研究

王焕玲 ◎ 著

吉林出版集团股份有限公司

图书在版编目（CIP）数据

文学理论教育教学研究 / 王焕玲著. — 长春 : 吉林出版集团股份有限公司, 2023.6

ISBN 978-7-5731-3513-1

Ⅰ. ①文… Ⅱ. ①王… Ⅲ. ①文学理论－教学研究 Ⅳ. ①I0

中国国家版本馆 CIP 数据核字（2023）第 112039 号

文学理论教育教学研究

WENXUE LILUN JIAOYU JIAOXUE YANJIU

著　　者　王焕玲

出版策划　崔文辉

责任编辑　王　妍

封面设计　文　一

出　　版　吉林出版集团股份有限公司

（长春市福祉大路 5788 号，邮政编码：130118）

发　　行　吉林出版集团译文图书经营有限公司

（http：//shop34896900.taobao.com)

电　　话　总编办：0431-81629909　营销部：0431-81629880/81629900

印　　刷　廊坊市广阳区九洲印刷厂

开　　本　710mm×1000mm　1/16

字　　数　226 千字

印　　张　10.5

版　　次　2023 年 6 月第 1 版

印　　次　2023 年 6 月第 1 次印刷

书　　号　ISBN 978-7-5731-3513-1

定　　价　78.00 元

前　　言

文学最新发展动态，呈现了一种全新的文学传播态势。在我国，许多大学生在成长过程中受到新媒体发展的影响，无论是他们的阅读习惯还是个人喜好，都随着新媒体的发展而变化。传统的文学教育方式更加注重教育的理论性，趣味性常常被教育工作者忽略，文学理论课程相比其他课程逻辑性与思辨性更强，对于学生而言学习与理解的难度也更大。在教学过程中如果只顾单纯传授知识而忽略了学生的阅读兴趣，以及当前文学传播的形态，便会脱离实际，使学生的学习积极性下降，这对于文学理论教学工作的开展十分不利。因此，文学理论教学要更加注重学生综合素质培养与当前新媒体文学传播对学生的影响。我们应当了解当前新媒体文学传播的动态，掌握新媒体文学发展的方向和新媒体文学现今的传播环境，在此基础上进行文学理论教学。文学理论教学脱离不了文学传播的新媒体环境，文学理论教学需要和当前的社会现实，以及新媒体文学传播的特征相结合，做到通融与统一。此外，文学理论教学应当密切关注当下文学消费与文学创作的实际问题，注重新媒体环境对于学生感知方式与趣味取向的影响与制约。文学理论的活力在于紧密联系现实生活，理论只有做到与实践相结合，才能作为解决社会问题的理论支撑。

本书从文学理论的性质和形态入手，介绍了文学本质理论、文学作品理论、文学创作理论、文学接受理论、文学阐释理论以及文学流变理论，并详细分析了实践视域下文学理论的多元化，接着重点探讨了文学理论教学基础与教学现，并对文学理论教学过程与方法及其教学改革做出研究。

本书在编写过程中引用了大量的国内外专家、学者的观点、论述，在此一并表示衷心的感谢。鉴于编者的学识有限，编写时间仓促，书中难免会有不足之处，恳请读者在阅读使用中提出宝贵意见。

目　录

第一章　文学理论的性质和形态

文艺学，一门以文学为对象，以揭示文学基本规律，介绍相关知识为目的的学科，包括三个分支，即文学理论、文学批评和文学史。这三个分支具有不同的研究对象和任务。它们之间相互独立又相互联系与渗透。文学理论作为研究文学普遍规律的学科，具有独特的研究对象和任务，具有鲜明的实践性和价值取向。

文学作为一种极为复杂的、广延性极强的事物，决定了文学研究视角和方法的多样性。视角和方法的多样性使文学理论呈现出不同的形态。文学哲学、文学社会学、文学心理学、文学符号学、文学价值学、文学信息学和文学文化学等是文学理论的基本形态。

第一节　文学理论的性质

什么是文学理论？对这个问题的完整解答，应从文学理论的学科归属、对象任务、应有的品格等三个方面入手。

一、文学理论的学科归属

研究文学及其规律的学科统称为“文艺学”。“文艺学”这个名称是 1949 年以后从俄文翻译过来的。实际上正确的名称应是“文学学”，大概是“文学学”不太符合汉语的构词习惯，人们也就普遍接受文艺学这个名称了。文学是一种多维的、复杂的、广延性极强的事物。文艺学作为对文学这一事物的完整的研究，也应该是一个复杂的系统，即由若干相互联系但又具有不同科学形态的分支构成的知识体系。

最早研究文学的科学都叫“诗学”“诗论”，即以对文学中最早发生的诗歌这一体裁的研究来统领对整个文学的研究。

实际上是以部分代替整体，这无疑是有缺憾的。直到 19 世纪，整个文学研究也还基本上处于笼统的未分化的状态，各种不同的文学研究，在范围、对象、任务、功能上并无太大区别。20世纪以来，各门科学都得到了迅速发展，分工更具体、明确，这不能不影响到文学学科的发展；再加之文学实践的需要，文学研究视角、方法的多样化及其成熟，文艺学终于形成了若干既相互独立又相互联系的分支，而严格意义上的文学理论才作为文艺学的一个独立分支得以成立。

美国当代著名学者韦勒克（Renee Wellek）与沃伦（Austin Warren）说："在文学'本体'的研究范围内，对文学理论、文学批评和文学史三者加以区别显然是最重要的。文学是一个与时代同时出现的秩序（Simuhaneous Order），这个观点与那种认为文学基本上是一系列依年代次序而排列的作品，是历史进程中不可分割的一部分的观点，是有所区别的。关于文学的原理与判断标准的研究，与关于具体的文学作品的研究——不论是作个别的研究，还是作品编年的系列研究——二者之间也要进一步加以区别。要把上述两种区别弄清楚，似乎最好还是将'文学理论'看成是对文学的原理、文学的范畴和判断标准等类问题的研究，并且将研究具体的文学艺术作品看成文学批评（其批评方法基本上是静态的）或看成'文学史'。"韦勒克和沃伦的上述意见是恰当的，是广为人知的。不过在这里我们要做一点强调和补充。我们要强调的是，文艺学所包括的三个分支虽然各有其独特的研究范围、对象、任务和功能，但又是互相联系、互相渗透、互相作用的。文学理论要以文学史所提供的大量材料和文学批评实践所取得的成果为基础。如果文学理论不根植于具体文学作品的分析和文学发展历史的研究，文学理论所概括的文学基本原理、概念、范畴和方法，也就成了"空中楼阁"，失去了存在的依据。反过来，文学史、文学批评又必须以文学理论所阐明的基本原理、概念、范畴和方法为指导，离开这种指导，文学史、文学批评就失去了灵魂，成为一堆混乱的材料的堆砌和随心所欲的感想的拼凑。实际上，文艺学这三个分支，常常是"你中有我，我中有你"，互相包容、互相切入、互相渗透。

通过以上叙述，我们对文学理论的学科归属有了一个总的概念：文学理论是文艺学中三个分支之一，它与其他分支有极其密切的联系，它通过对文学问题的审视，侧重于研究文学中带一般性的普遍的规律，它力图指导、制约着其他分支的研究，但它本身又必须建立在对特殊的具体的作品、作家和文学现象的研究基础上。如果我们这样来理解文学理论的对象和任务，那么文学理论作为文艺学的一个重要分支，它以文学的普遍规律为其研究范围。具体而言，它以文学的基本原理、概念、范畴，以及相关的科学方法为其研究内容。它虽然也涉及具体作品、作家和文学现象，但一般是作为例证出现的。换言之，文学理论不能不具体分析一些文学作品，涉及一些作家，接触一些文学现象，但它不像文学批评和文学史那样，专门去具体分析和评论一个个作家作品、一个个文学运动和文学思潮，它以哲学方法论为总的指导，从理论的高度和宏观视野上阐明文学的性质、特点和规律，建立起文学的基本原理、概念、范畴及相关方法。

从上述这个总的对象出发，文学理论的任务一般规定为五个方面：文学活动论、文学活动本质论、文学创作论、文学作品构成论和文学接受论。文学理论所担负的这些任务，并不是人们主观随意划定的。我们规定这些任务的一个理论前提是把文学理解为一种活动，即人类的一种高级的特殊的精神活动。文学不是以成品这种形式而存在的，而是以活动的方式存在的。

美国当代文艺学家 M.H. 艾布拉姆斯在《镜与灯——浪漫主义文论及批评传统》一书提出了文学四要素的著名观点，他认为文学作为一种活动，总是由作品、作家、世界、读者等四个要素组成的。

文学理论所把握的不是这四个要素中孤立的一个要素，而是四个要素构成的整体活动及其流动过程和反馈过程。从这里，我们不难发现文学理论所规定的五个方面的任务：第一，文学活动作为人类的一种精神活动，它有一个历史的发展过程，它是随着时代的发展而发展的，从而显示出不同历史阶段的不同特征，那么文学发展的根由是什么呢？我们今天处于社会主义初级阶段，社会主义初级阶段的文学发展又有何规律呢？这就构成了“文学活动发展论”。第二，文学作为人类的一种特殊的精神活动，必然与人类的其他活动不同，在性质上必然有其独特之处，而从总体上来研究文学活动区别于其他活动的特殊性质，这就形成了文学活动本质论。第三，“世界”就是我们所指的社会生活，社会生活是一切种类的文学艺术的源泉，但社会生活本身还不是文学，社会生活的原料必须经过作家的艺术创造，才能变成文学文本，而研究作家如何根据生活进行艺术创造的过程和规律，就形成了文学创作论。第四，作家创作出来的文学文本在阅读、研究和批评中变成了作品，文学作品是一个复杂的结构，其中像题材、形象、语言、结构、类型、风格等都是作品构成中的重要问题，而研究作品的构成因素及其相互关系就形成了作品构成论。第五，作家笔下的文字作为文本如果被束之高阁，不与读者见面，那还是死的东西，还不是活的审美对象，文本一定要经过读者的阅读、鉴赏、批评，才能变成有血有肉的活的生命体，才能变成审美对象，而研究读者接受过程和规律，就形成了文学接受论。由此可见，文学理论体系中的活动论、本质论、创作论、作品论、接受论恰好是与文学四要素构成的文学活动的结构和发展关系相对应的。文学活动的结构和发展关系规定了文学理论的任务。

我们的理解是任何事物都是变化的、发展的，因此任何事物也就不可能有什么一成不变的固定的本质，事物的本质总是随着时代的发展变化而变化的。但是我们不能同意那种认为事物不存在本质的说法。事物本质随着时代和历史文化的变化而变化，但在变化中一个事物仍然有其自身的规定性，这就是一个事物区别于另一事物的本质。

二、文学理论应有的品格

我们的文学理论，是以马克思主义为指导的文学理论，它作为一门科学，具有实践性和自身独特的价值取向。

（一）文学理论的实践性

文学理论作为一门理论形态的学科并不是凭空产生的，也不是个别理论家杜撰出来的，而是从长期的、多种多样的文学实践中总结出来的。换言之，文学理论是对古今中外一切文学活动实践的总结，它的出发点和基础只能是文学活动的实践。先有文学活动的实践，然后才会有文学理论的概括。关于文学活动的本质、文学创作、作品构成、文学接受、文学发展的基本原理、概念范畴及相关的方法，无一不是从文学活动的实践中总结、提炼出来的。而且，实践是检验真理的标准，真正科学的文学理论不但在于这些学说形成之时，而且在于而后为文学实践所印证之日。所以文学理论的实践性品格，不但在于它来源于文学活动的实践，而且也在于它必须经得起文学活动的实践的检验。文学理论的实践性品格，决定了它总是随着文学运动、文学创作、文学接受的发展而发展，它永远是生动的、变化的，而不是僵化的、静止的。文学创作和批评的空前活跃，向文学理论提出了一系列问题，于是文学理论的探讨与争鸣也空前活跃起来。文学理论的实践性品格决定了文学理论是一门生机勃勃的科学。随着社会生活的变革，文学的内容和形式都将出现新的深刻的变革，文学理论这门科学也就不可避免地要去研究新问题，进行新的探索，扩大学科的边界，实现理论创新。因此，我们不能用僵死不变的、形而下的态度对待文学理论。对于马克思主义的文学理论，我们的态度应是：一要坚持，二要发展。坚持那些从实践中抽取出来又被实践证明了的基本原理，对此，我们不能有丝毫的动摇，同时又要发展那些不够完善的部分；既不能搞唯心主义、形而上学，否定马克思主义文学理论的基本原理，也不要僵化、保守，拒绝去研究新情况、新问题。我们要始终坚持“实践是检验真理的唯一标准”这个原则，以保护和坚持马克思主义文学理论的实践性品格。

（二）文学理论的价值取向

文学理论既然是文学实践经验的总结，那么文学理论家在总结实践经验时，总是要依据一定的哲学、政治、道德、美学观点等，从而体现出一定的价值取向。文学理论也是一种意识形态。某种文学理论肯定什么作品，否定什么作品；赞扬什么文学现象，批判什么文学现象；提倡什么艺术趣味，反对什么艺术趣味，都应该有明确的价值取向。就马克思主义文学理论而言，它作为无产阶级的意识形态就具有鲜明的价值取向，即体现了无产阶级和劳动人民的审美理想和审美趣味，它公开宣布为繁荣和发展无产阶级和社会主义文学服务。因此，我们不能不加批判地接受封建时代遗留下来的一切文学观点，“回到古典”是不可取的；同时，我们也决不能不加批判地搬用西方资本主义的一切文艺观点，“全盘西化”是荒谬的。对于过去时代和西方各国的文学理论，我们要采取批判的继承和有分析的借鉴态度。马克思主义文学理论之所以具有真理性，其重要特点之一就是它的综合性。它以马克思主义的世界观和方法论为指导，综合古今中外一切经过实践检验被认为是有益和有用的东西。

就现在而言，我们的文学理论的价值取向应该是民主的、科学的和现代的。第一，它的价值取向必须是民主的，即以提倡广大人民的审美趣味和审美理想为依归，而不能以少数人的审美趣味和审美理想为依归。一切封建主义的、资本主义的文学理论，只考虑少数人的利益和趣味，完全漠视广大人民群众的利益和趣味，这是不民主的，这种文学理论我们必须抛弃。第二，我们的文学理论必须是科学的，科学形态的文学理论要通过摆事实讲道理揭示文学活动的规律，总结出文学创作和欣赏的经验，具有深厚的学理性，不是一味迎合某种政治的需要。第三，我们的文学理论必须是现代的，在当代中国，发展文学理论，就必须面向现代化、面向世界、面向未来，我们的社会已经向现代化迈进，我们的文学理论也必须实现现代性的创新。这里必须说明的是，我们讲文学理论的现代性品格，并不是不要民族性品格。今天的世界格局与革命战争时期已经很不相同，我们是在经济逐渐全球化的时代来建设新的文化，其中也包括建设文学理论。如果说经济全球化，意味着经济发展必须融入世界经济体系中的话，那么我们要建设的社会主义文化，则不能一味“全球化”。我们的社会主义文化必须保持中华民族的个性，体现我们民族文化的优良传统。

第二节　文学理论形态

一、文学理论形态多样化的依据

文学理论形态与文学研究的客体及视角密切相关。文学活动作为文学理论的客体是复杂的、多层次的系统。从文学创作到文学作品再到文学接受，是一个活动的过程。但按马克思从经济学观点，文学创作是一种“艺术生产”，文学创作作为对社会的精神创造，是在艺术生产中实现的；而文学接受作为一种社会的精神消费，是在艺术消费中实现的；文学作品无论对生产者还是消费者都具有社会文化意义，这样它就具有了艺术价值，而这种艺术价值是要在艺术生产与艺术消费的传递中实现的，所以文学活动的过程又是一个从艺术生产到艺术价值生成再到艺术消费的过程。这就是说文学活动在意向上可以理解为两个过程，即文学创作—文学作品—文学接受过程，和文学生产—作品价值生成—文学消费过程。这样一来，文学理论研究虽然只有一个认识客体—文学活动，但同一认识客体可以成为多种视角所观照的多种对象。文学理论的认识客体是指文学活动的整体，不同的对象则是研究者凭借独特的视角与方法窥视到的整体中的有限的部分、方面、侧面、层次、因素、阶段、关系等，换言之，同一认识客体是多对象的。正是由于同一客体可以形成多对象，并运用多视角、多方法加以研究，文学理论就形成了多样化形态。

二、文学理论的基本形态

从文学创作—文学作品—文学接受这一流动系统看，第一，文学创作是对社会生活的反映，即作家作为主体反映作为客体的生活，作品论、接受论中也有不少哲学层面的问题，这样，反映论这个马克思主义的哲学视角，是揭示文学活动的基本视角，因此以反映论为基础的文学哲学是文学理论的一个基本形态。马克思主义的认识论的文学哲学，以其科学性超越了以前的文学哲学，成为文学理论的基石。第二，创作—作品—接受过程，是一个心理转换过程，无论是文学创作还是文学接受，都是特殊的心理行为，因此采用心理学的视角，建立起文学心理学才能切入这些特殊的心理行为进行研究，文学心理学是文学理论的又一重要形态。古今中外的文学理论，不论自觉还是不自觉，总是倾向于从心理学的角度来解释文学活动。如中国古代文论中的“比兴”说、“虚静”说、“神思”说、“滋味”说、“物感”说、“象外”说、“妙悟”说、“童心”说、“性灵”说、“神韵”说、“意境”说、“出入”说等都具有丰富的心理学内涵。西方文论中古希腊学者亚里士多德提出的“净化”说、德国学者立普斯等提出的“移情”说、瑞士裔英国心理学家布洛提出的“心理距离”说、意大利美学家克罗齐提出的“直觉”说、德国哲学家康德提出的“审美态度”说、奥地利心理学家弗洛伊德提出的“无意识升华”说、瑞士心理学家荣格提出的“原型”说、英国学者冈布里奇提出的“投射”说等，也形成了文艺心理学的传统。第三，创作—作品—接受的过程，又是一个符号化的过程，因为文学创作旨在向人们传递特殊的审美信息，创作必须运用语言符号，作品则是语言符号的结晶，文学接受则首先要破译语言符号，这样符号学的视角对文学理论来说就变得极为重要，而文学符号学也理所当然地成为文学理论的一种基本形态。中西古代文论都十分重视言意关系，特别是进入20世纪以来，语言学对文论的影响极大，文学符号学已成为一个新兴学科而特别引人注目。第四，创作—作品—接受系统又是特殊的信息系统，从创作到作品发表，是特殊信息的传播，文学接受则是特殊信息的接收，从文学接受再到文学创作则是信息的反馈。这样一来，从信息学的视角来研究文学活动必然要形成一个新的学科——文学信息学。我们可以将上述四点以图式的方式列出：

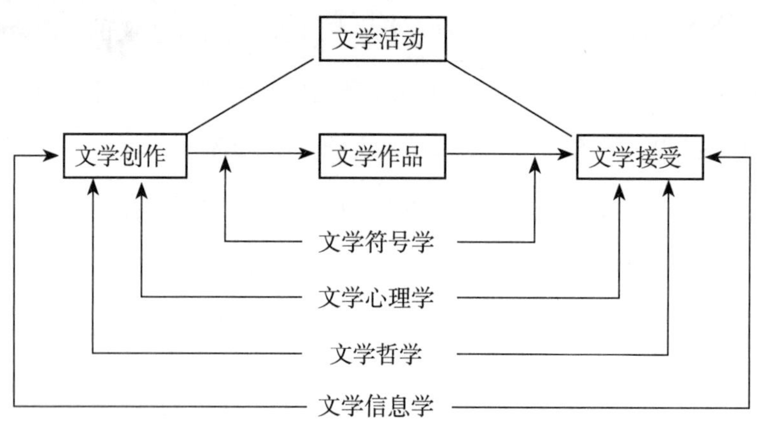

现在再从文学创造—艺术价值—文学消费这个流动的系统来看，第一，从文学创造到文学消费是一个组织起来的社会文化过程，这一过程不能不受一定的社会关系的制约，而浸润着社会思潮，反映着社会风貌，直接或间接地回答社会问题，即或文学创造和消费的是一些空灵的、超脱的、虚玄的、恬淡的产品，也不可能达到完全的“纯净”而不带社会性。因此，社会学视角无疑是一个重要的视角，文学社会学无疑是文学理论一种重要的形态，而且在所有的形态中具有特别重要的地位。文学社会学无论在中国还是西方都有久远的渊源，中国古代可以上溯到孟子的“知人论世”说。在西方可以追溯到18世纪，意大利学者焦万尼·巴蒂斯达·维柯 (Giovanni Battista Vico) 在其社会学著作《新科学》中“发现了真正的荷马”，并以古代希腊社会研究的成果来考察荷马及其史诗创作，从而开创了把文学作品与时代背景、作者生平结合起来研究的方法。学者孔德(A.Comte)、斯达尔夫人从实证社会学出发，对文学社会学的建立都有所推动。但在这方面取得重大成果的是法国的艺术理论家丹纳（H.A.Taine）。他在《英国文学史》序言、《艺术哲学》等著作中，提出了文学创作决定于种族、环境和时代三种因素的理论。而真正的文学社会学属于马克思主义。马克思、恩格斯、列宁的一系列文艺论著是从文学社会学角度考察文学活动的典范。普列汉诺夫、卢卡契等马克思主义理论家，对文学社会学也有重要的贡献。第二，从文学创造到文学消费的过程，又是文学的艺术价值产生、确立和确证的过程。所谓价值是指某事物对人所具有的意义。文学作品显然对人具有特殊的意义，因此它具有价值；这种价值一般不是指实用价值，而是一种特殊的艺术价值；这种艺术价值在文学创造中产生，在文学作品中得以确立，在文学消费中得以确证。因此，由价值学视角所形成的文学价值学也必然成为文学理论的一种形态。20世纪以来，这一新兴学科已得到了人们的承认。第三，面对创作—作品—接受和文学创造—艺术价值—艺术消费这统一的文学活动系统，还有一种把各种视角和方法融合在一起的理论，这就是文学文化学。这种形态的文学理论。以“泛文学”作为研究对象，可以说是最古老的文学理论。中国先秦到魏晋以前的文学理论基本属于这一形态，西方从古希腊到 18 世纪以前也基本属于这一形态。但是随着时代的变化和各门科学中综合倾向的发展，人们又在一个更高的层次上去实现对文学活动的多视角的协同和综合的研究，如西方的文化批评理论在某种意义上是又回归到文学文化学的路子上去了。因此文学文化学又可以说是一种最新的文学理论形态。我们可以将上述三点用图式列出：

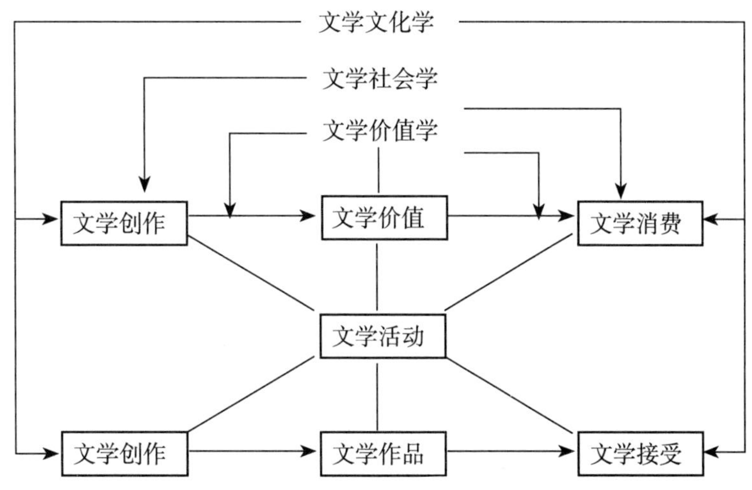

通过以上分析，文学理论的基本形态是：

1. 文学哲学；

2. 文学社会学；

3. 文学心理学；

4. 文学符号学；

5. 文学价值学；

6. 文学信息学；

7. 文学文化学。

需要说明的是，上述文学理论的七种基本形态各有优势又各有局限，科学的文学理论要在马克思列宁主义的历史唯物主义和辩证唯物主义的指导下实现各种形态的互补，形成一种综合协调的系统。

第二章　文学本质理论

当代中国的文学理论作为现代大学文科教育体制中的一门知识性学科，是在受到一定影响的情况下逐步建立起来的。从 20 世纪前半期开始，中国大学受到日本和西方世界的影响，先后使用过“文学概论”“文艺学”“文学理论”等名称。“文艺学”是从苏联的“文学学”或“文学科学”翻译过来的说法（原文的“文学”被改译成了范围更广的“文艺”）。我们认为，面对这一学科的历史和现状，使用“文学理论”这个名称较恰当。在中国古代，与现代文学理论有关的理论形态主要有文论、诗论、词论、曲论、散文和小说评点等。在西方古代，与现代文学理论有关的理论形态主要有诗学和修辞学。直到 18 世纪晚期，现代形态的文学理论才从启蒙运动的时代语境中产生出来，并且受到了开始出现的审美主义理论的影响。

文学理论的研究对象主要涉及文学的基本原理、概念和范畴、文学研究的方法、价值评判的标准等。这样的研究具有理论的普遍性和抽象性的特点。但是，文学理论研究必须面对文学的基本事实，从文学事实出发，一方面运用原理、方法、概念和范畴去解释文学事实，另一方面又要对文学事实做出价值评判。换句话说，文学理论的任务主要不是对文学事实做出判断，而是要对文学事实进行解释和价值评判。美国文学理论家韦勒克认为，“‘文学理论’研究文学原理、范畴、标准等方面，而关于具体文艺作品的研究不是‘文学批评’（主要采用静态的研究方法）就是‘文学史’”。这样看来，文学理论需要确立一系列概念、范畴、标准，并由此建构相应的理论框架，去解释和评判文学事实。历史上各种不同的文学理论之间的差别，就在于它们所确立的概念、范畴、标准以及由此建构的框架不同，因而面对相同的文学事实做出的解释和评判就有很大的差异。文学理论研究最重要的立足点是文学文本（文学作品的文本和文学理论的文本），以及文本产生的语境（历史和时代氛围、事件等）。离开文本和语境的文学理论，如同悬浮在空中一般。

中国古代一直存在着自己的文学理论传统，包括中国特有的文学理论概念、范畴、评判标准和理论框架，它们与外来的西方文学理论传统存在着很大差异。马克思主义对当代中国文学理论的建立和发展有着深刻的影响，因此“当代中国的文学理论面临着马克思主义的理论传统、中国本土固有的理论传统和其他理论传统之间相互融合、吸纳、传承和创新的局面”。这种局面不仅是复杂的，而且也是动态的和不断发展的。

文学理论面对的最重要的事实，是文学作为人类特有的社会活动之一所包含的重要环节：作为表达方式和生产活动的文学创作，作为阅读、欣赏、批评和消费活动的文学接受，以及文学自身随着不同时代、历史、传统的发展演变。在这一系列的活动和环节中，最核心的概念就是“文学”。文学理论研究总会直接或间接地涉及不同理论家对于“文学”概念的理解，这种理解始终都是随不同历史、时代、传统、个人差异而变化着的。

在中国古代，“文学”一词最早见于《论语·先进》中“文学：子游，子夏”，其含义是指以“六经”为主的关于古代文献和典章制度的学问，即“文章博学”，后来，“文学”扩展为一切文献和学术的总称。汉代以后，“文章”与“博学”逐渐分开；就“文章”而言，它包括了天下的一切文章，并不专指今天外来的、现代意义上以体现“审美价值”为主的“优美文学”。曹丕在《典论·论文》中说的“盖文章，经国之大业，不朽之盛事”的“文章”，包括了奏议、书论、铭诔、诗赋八种，多数都与“审美价值”无关。所以，正如日本学者铃木真美指出的：“中国古代的‘文学’含义是学习古代典籍。如果忽略以经书为中心的内容，可以说与意味着依靠读书获取学识的拉丁语（Litteratura）的意思完全相同。”现代中国文学理论中的“文学”概念，是通过日本输入的西方现代以“审美价值”为核心的概念。鲁迅先生说得很清楚：“……‘文学’，这不是从‘文学子游子夏’上割下来的，是从日本输入，他们对于英文 Literature 的译名。”因此，在今天，我们应当联系历史演变来看“文学”这一概念的具体含义。与此同时，我们也要注意到，强调“文学”的“审美价值”是当今中国文学理论界占主导地位的观点，不少理论问题的论争都与此有关。

在西方世界，“文学”概念的发展也有和中国类似的历程。美国学者乔纳森·卡勒说：“如今我们称之为文学的是二十五个世纪以来人们所写的作品，而‘文学’的现代含义才不过两百年。”英国学者雷蒙·威廉斯在《关键词：文化与社会的词汇》一书的“文学”条目中梳理过“文学”一词的演变和不同含义，具有重要的参考价值。从历史上看，在18世纪晚期的启蒙运动之前，西方传统知识学科中与文学有关的理论，都被归入“诗学”和“修辞学”之中。1746年，法国巴托在《简化成一个单一原则的美的艺术》一文里将“美”与艺术联系在一起，明确提出“模仿美的自然”是一切艺术的共同原则。此后，启蒙运动中的重要人物狄德罗、达朗贝尔等人，英国学者夏夫兹博里、哈奇生等人，德国的“美学之父”鲍姆加登及其学生迈尔，受启蒙思想影响的歌德和康德等人，共同推动了现代以“审美价值”为核心的艺术体系的诞生。把“审美价值”作为“文学”的核心价值，从此就成了西方现代文学理论中“文学”概念的重要意涵。不过，从第二次世界大战之后直至现在，以审美价值为核心的“文学”概念，在西方世界不断遭到来自各个方面的质疑和挑战。

“文学”作为文学理论的核心概念，一直以来都是各种理论和理论家关注的焦点，追问文学的“本质”，同样也成了文学理论的重要问题。对“本质”问题的追问，一方面与“总体性”理论无所不包的理论取向有关，另一方面也与理论家们的“视点”（视野和立场）有关。因此，这个问题至今充满着争议。从概念上说，“本质”是指某个事物固定不变的、实质性的、能决定其他特征的根本性质。文学作为人类的一种社会活动，是否具有固定不变的“本质”，就成了争议的焦点。在今天的文学理论中，对文学本质的解释主要有两种路径：一种是通过考察不同的文学概念或定义来表明自己对于文学本质的理解，力图寻找到能解释所有文学现象的固定本质，另一种则是从文学活动涉及的主要方面和事实出发考察文学，试图揭示出文学本质问题的复杂性和开放性。

美国学者艾布拉姆斯在《镜与灯：浪漫主义文论及批评传统》一书中提出过著名的“视点”理论。艾布拉姆斯从文学活动最基本的事实出发，勾画了一个以作品为中心的图式，其中，“作品”分别与“世界”“作家”“读者”三个要素相联系。这样，这四个要素就构成了文学理论考察文学本质问题的四个重要“视点”。“作品”（文学文本）是文学活动的核心和结果，它以语言或文字的物质化方式呈现出来，成为阅读、欣赏和评价的对象。“世界”是作品要呈现的对象和内容，“作者”是作品的写作者和创造者，“读者”则是作品的接受者。艾布拉姆斯对这四个“视点”做了如下解释：“尽管任何像样的理论多少都考虑到了所有这四个要素，然而我们将看到，几乎所有的理论都只明显地倾向于一个要素。就是说，批评家往往只是根据其中的一个要素，就生发出用来界定、划分和剖析艺术作品的主要范畴，生发出借以评判作品价值的主要标准。因此，运用这个分析图式，可以把阐释艺术品本质和价值的种种尝试大体上划为四类，其中有三类主要就是作品与另一要素（世界、读者或作家）的关系来解释作品，第四类则把作品视为一个自足体孤立起来加以研究，认为其意义和价值的确不与外界任何事物相关。”

艾布拉姆斯的“视点”理论在现代文学理论界得到了一定程度的赞同，这表明他勾画的图式对于解释古往今来的文学理论关于文学本质的观点具有一定的合理性。如果从逻辑联系上看，天下所有的文学活动都与作品、世界、作家、读者有关系，离开任何一个方面都不行。同时，“视点”理论有助于在理论上概括和梳理各种不同的文学本质观，如再现论、表现论、读者论和作品论。然而，我们也要注意到，艾布拉姆斯的图式虽然凸显了文学活动的四个逻辑视点，却忽视了文学活动的其他重要环节，比如文学活动与历史、时代、环境、传播方式和手段、社会机制等因素的关系。也就是说，人类的文学活动比“四要素”说要复杂得多。这也是我们必须注意的。

第一节　作品与文学的本质

在艾布拉姆斯关于文学“四要素”的图式中，“作品”处于图式中心，实际上这表明了他自己的一种“作品中心论”的立场。“作品”作为作家创作的结果，必定会以某种特定的方式显现出来，即要以特定的物质化的方式存在。从一般的文学事实出发，我们很容易发现，文学“作品”最直接的物质存在方式是“语言”和“文字”，人类的语言是以语音、词汇、语法等要素构成的一个符号和意义的表达系统，它依托的物质表达形式是人类的发音，世界各民族都曾经有过以语言来表达的“口头文学”作品。文字是记录语言的符号系统，文字所依托的物质形式是文字符号（如象形文字和拼音文字），及其记载媒体（如青铜、石头、泥版、简牍、纸张等）。人类进入文明社会以后，文字成了大多数民族文学表达的物质形式。以文字记录下来的语言所表达的内容和意义，在文学理论中被称为“文本”。在这个意义上，我们可以说，文学作品最直接的物质存在方式是由语言和文字形成的“文本”。文本所依托的物质传达方式和传播方式，在人类社会中是不断变化和发展着的，在近现代则与科学技术的发展有着紧密关系。

着眼于文学与“作品”的关系来理解文学的本质，或者建构关于文学本质的理论，在不同的文学理论传统中都有先例。它们往往具有一些共同的理论关注点：语言文字本身的表现能力，语言文字作为符号系统的特征与功能，语言文字与意义之间的关系，文本结构与意义之间的关系等。以“作品”为中心来理解文学的本质，经常被叫作“作品中心论”。

在中国古典形态的文学理论传统中，一直都存在着对语言和文字表达意义之可能性问题的关注，也有对语言文字表达的形式之美的关注。《周易·系辞上》提到过“子曰：‘书不尽言，言不尽意’”，以及“圣人立象以尽意，设卦以尽情伪，系辞焉以尽其言”。在后来对《周易》的研究中，“言”“象”“意”之间的关系成了理论讨论的重要议题。魏晋时期的“言意之辨”，则把“言”与“意”之间关系的讨论提升到了哲学层面。《论语》《左传》《礼记》等儒家经典都关注过“文”与“质”的关系，即文采修饰与表达内容之间的关系，这构成了儒家文学思想的重要命题之一。《老子》和《庄子》关注过有限的、可表达的“言”与无限的、不可表达之“意”和“道”的问题，提出过“言不尽意”“得意忘言”等命题，它们构成了道家文学思想传统中的重要命题之一。齐梁时代的刘勰在《文心雕龙》中沿袭儒家文学思想的理路，也讨论过语言文字与表达内容、意义之间的关系，提出过“形文”“声文”“情文”的概念。魏晋南北朝时期，由于受佛经翻译的影响，人们注意到了语言文字音律之美的规则，为中国古代文学理论中形式美理论的产生提供了契机。南朝文人沈约提出过与音律之美有关的“四声八病”说，为后来的诗词韵律理论奠定了基础。中国古代文论受佛教禅宗的影响，出现过将禅宗的道理运用于诗歌理论的理路，其中的重要话题之一就是“言”所不可表达的“言外之意”。唐代的皎然、司空图，宋代的严羽等人，都在“以禅喻诗”的理论上就语言文字表达意义的问题提出过自己的看法。总之，中国古代文论对文学“作品”问题的关注，大多集中在语言与意义的关系方面。除此之外，中国古代文论对“作品”的关注，还体现在对“文体”（体裁）的关注之上，在这个方面，从曹丕、陆机，到刘勰、萧统等人，都对文体理论做出过贡献。

在西方古代文论中，对“作品”问题的关注主要体现在修辞学中。修辞学的传统从亚里士多德开始，经过西塞罗、朗吉努斯、昆体良，一直传承到17、18世纪的现代早期。修辞学的原意是演讲术，本是古代希腊学园中为培养治理国家的贵族男青年而开设的学习课程，在中世纪则被纳入教会学校的课程中。它包括两个大的方面：演讲稿写作和演讲中的表演，其中关于写作部分（从选材、立意，到文辞运用和表达）的理论，与现代文学理论中讨论的“作品”和“文本”问题有关。在修辞学传统中，语言表达的问题是重要议题之一。对语言表达的基本要求是要切合立意、选材、目的和功用、情感的运用等。值得注意的是，西方世界的修辞学传统由于种种历史原因，相当一部分文献被阿拉伯学者保存下来，其中的阐释自然也包含了部分阿拉伯学者们的贡献。从18世纪晚期直到20世纪上半叶，随着文学理论受到审美主义和科学主义的影响与冲击，兴起了形形色色以“作品”和“文本”为中心的形式主义文学理论，它们的共同特点：一方面是背离模仿论的传统，另一方面则力图割断文学文本与社会、语境、意识形态、价值评判之间的关系，要到文本的语言、结构中去寻求意义产生的根源，把“文本”当成一种独立自足的客体来研究。以英伽登、布莱等人为代表的形式主义文论受到现象学的影响，把文学“作品”当作独立自足的、与个人的意向性活动相关的一种“纯粹意向性结构”，认为意义产生于作家和读者之间的意向性活动。以什克洛夫斯基、艾亨鲍姆等人为代表的俄国形式主义文学理论，集中关注以文学语言为核心的“文学性”问题，认为文学作品之所以成为“文学作品”，就在于它所使用的语言不同于日常生活中使用的语言，作品的本质与语言特质有关，其最大的特点在于文学语言的“陌生化”。以瑞士理论家皮亚杰和法国学者克洛德·列维·斯特劳斯为代表的结构主义文学理论认为，文学作品的形式结构是独立自足的，结构模式是文学作品根本性的决定因素，强调结构的自主性、稳定性和封闭性。英美“新批评”的“文本”理论认为，文本的意义与作者和读者无关，要求斩断与作者有关的“意图谬误”，以及与读者有关的“感受谬误”，通过“文本细读”的方法从文本结构和词语中寻求文本表达的意义。

各种以语言、结构、文本为关注焦点的“作品中心论”的形式主义理论，强调了形式要素在文学作品中的重要性和价值。有不少形式主义理论借用了瑞士语言学家索绪尔的语言学理论，将其作为理论建构的“元理论”，以致一度造成了文学理论中的“语言学转向”。随着时间的推移，尤其是在解构主义理论带动下出现的各种以“颠覆”为宗旨的理论风潮，“作品中心论”的形式主义理论渐成明日黄花。在风潮退去之后，人们方才冷静下来思考形式主义理论的利弊。其弊端是显而易见的，比如割断文学作品与作家、读者、社会、语境、价值等的关系，把作品的意义局限在语言文字构成的文本之中。由于深受科学主义思潮的影响，各种形式主义理论片面追求“科学性”和“价值中立”，排斥价值立场和评判，这样做显然有违文学创作的宗旨和社会功能。

第二节　世界与文学的本质

人类的文学活动不仅要以世界作为依托，而且也要以世界作为表现的重要内容。在这里，我们首先要明确，应当从更广泛的意义上去理解“世界”的含义。大凡自然界的日月星辰、天文地理、动物植物、四季交替，人类社会的历史和时代事件、错综复杂的人际关系，乃至个人的内心深处和梦幻奇境，都可以囊括在“世界”的范围之中。在中国古代文论和艺术理论中，往往会讲到“心”与“物”的关系，“物”这个概念大体上可以看成是我们今天所说的“世界”。在西方哲学和理论传统中，有“主体”和“客体”这一对概念，“客体”在某种程度上也可以看成“世界”。

着眼于文学与“世界”的关系来理解文学的本质，或者建构关于文学本质的理论，在不同的文学理论传统中都有先例。尽管不同传统和理论之间存在着差异，但从“世界”出发建构的文学本质观的共同特点在于：认为文学的本质是对“世界”的反映，“世界”的面貌决定了文学或作品的面貌，文学离不开与“世界”的关系。

在中国文学理论传统中，注重从“世界”角度来理解文学本质的观点，一般被称为“再现”论。这一理论脉络差不多从古到今贯穿始终。《周易・系辞下》讲到过包牺氏（伏羲）创立“八卦”时的仰观天象、俯察地貌、观鸟兽之文。这虽然不是在讨论文学和文学的本质，但其中涉及了文化创造与自然现象之间的密切关系。汉代董仲舒在《春秋繁露》里从哲学和政治学角度提出过“天人感应”的学说，这一学说被纳入儒家思想体系，对古人的理论思维方式产生过重要影响。齐梁时代的刘勰在《文心雕龙・原道》中强调了天地宇宙之“道”和文章之间的“源”与“流”的关系，其中的观点已经较为明确地涉及了世界与“文章之学”的逻辑关系。梁代钟峰的《诗品序》认为，五言诗的产生离不开自然界的春花秋月、夏云冬雪和人世间的悲欢离合，他同样强调了诗歌与自然世界和人间世事的密切关系，因为有自然和人间的种种现象与事态，所以才“非陈诗何以展其义”“非长歌何以骋其情”。清代的叶燮在《原诗》中将诗歌的根源归结到“理”“事”“情”三个重要方面，既表明了诗歌是理、事、情的再现，又表明了诗歌之“真”与理、事、情的内在联系。

在西方古典诗学中，注重文学本质与“世界”关系的“模仿说”，在两千多年里一直占据着支配性的地位。虽然“模仿说”的传统有内涵不同的分支，但其共同特点在于：认为文学的本质是模仿，或者是对“真理”的模仿，或者是对具有哲学意味的事件的模仿，或者是对自然世界的模仿。古希腊哲学家赫拉克利特认为，人类从鸟的鸣唱中学会了模仿。柏拉图在《理想国》里提出过“洞穴”理论和“三张床”理论，认为文艺是对现实的模仿，而现实又是对“理念”和“真理”的模仿。强调模仿与真理的关系，是柏拉图的“模仿说”最重要的核心。亚里士多德在《诗学》中认为，悲剧是按照“必然律”和“可然律”进行模仿，因而比历史更高，更具有哲学意味。文艺复兴时期的著名画家达·芬奇提出过“镜子说”，认为画家的任务是拿着“镜子”去映照自然，强调模仿的逼真性。西方文学理论传统中的“模仿说”现在虽然已经逐渐式微，但在其影响下产生的“写实主义”（也译作“现实主义”）理论，在强调“真实性”和逼真：模仿方面，依然还在发挥着或明或暗的作用。中国当代文学理论对现实主义问题的重视，实际上表明了外来的理论已经开始在本土扎根并且结果。

从文学与世界的关系角度提出的文学本质观，不时面临着来自各个方面的挑战。遭遇到挑战的是其核心理念“真实性”的问题，争论的焦点往往集中在诗与哲学哪个更接近“真理”，以及“真实性”的含义（表面的真实、本质的真实、内心的真实等）。其次受到挑战的是世界与文学之间的关系问题，即它们的关系到底是直接的，还是需要其他中间环节。再次是作家在文学与世界关系中的地位问题，作家仅仅是被动地模仿世界、自然，还是在创作中处于独立自主的主体地位，自然世界和社会生活的内容是否要经过作家心灵的消化与过滤。这些争论和挑战触及了“再现论”和“模仿说”受到视点的限制而出现的“盲点”。它们揭示出来的问题是：任何一种理论在采取某种特定“视点”之时，必定会有所遮蔽。这正好说明了理论总是有限度的，难以兼顾各种不同的“视点”，也难以囊括一切事实。

第三节　作者与文学的本质

作者即写作文学作品的人，也被叫作文学创作的“主体”。在中国古代，文学理论往往比较看重作者的道德修养和情性的表达，作者个人写作的价值总是与更大的治国、安邦、平天下的使命联系在一起的。在西方世界，正如艾布拉姆斯认为的：“作者是那些凭借自己的才学和想象力，以自身阅历和他们对一部文学作品特有的阅读经验为素材从事文学创作的个人……只要文学作品是大手笔并且是原创的，那么，其作者理应荣获崇高的文化地位并享有不朽的声誉。”艾布拉姆斯所说的这种“作者”，显然是从 18 世纪晚期启蒙运动和浪漫主义运动以来被奉为“天才”和具有“主体性”的“创造者”。这是现代文学理论中的“作者”概念。但在实际上，文学作者的身份在历史上一直处于变化之中，从口头传说的无名作者，到模仿者，再到“天才”和享有“权威”“荣耀”与“知识产权”的个人，这些都与社会转型和风气的变化有关。简单地说，在启蒙运动之前，作者的地位不高，此后西方的主体性哲学和审美主义思潮的崛起，把作者地位提升到了一个前所未有的和神圣的高度。到后现代时期，则出现了解构作者头上的各种“光环”的趋势。因此，作者的现代概念与过去的概念之间，存在着很大差别，作者的身份始终处于变化之中。

以文学的“作者”为中心来理解文学本质的观点，可以被叫作“作者中心论”。“作者中心论”往往从现代的作者概念出发，一方面强调作者在文学创作中的“主体性”地位和特殊才能，另一方面则会把文学的本质和文学创作的根源，归结为作者个人的才能和灵性。因而，西方现代文学理论中兴起的“表现论”，经常认为文学本质是作者内在“主体性”的表现，或者是作者的自我表现。所谓“主体性”，是从现代哲学中挪用的一个概念，主要指作者的自主性（“自由”是其重要意涵）。当代中国的文学理论对“作者”的理解，或多或少受到了这种崇尚“主体性”的观点的影响，把关注表现作者内心世界（“志”与“情”）的理论叫作“表现论”。

在中国古代文论中，的确存在着关注表现作者内心世界的理论传统。人们一般认为，这种传统主要体现在诗歌理论中的“言志”说与“缘情”说。“言志”说最早见于《尚书·舜典》中的“诗言志，歌永言”。朱自清先生认为，“诗言志”是中国古代诗论“开山的纲领”。及至汉代毛苌在《毛诗序》中提出“诗者，志之所之也，在心为志，发言为诗”。此后，“言志”说几乎就成了中国古代诗歌理论中的“正统”理论。“志”在古代诗人那里，总是与社会和政治秩序相联系的一种怀抱和情意指向，较少带有现代理论所注重的个人性和一己情怀。《毛诗序》在提及“言志”时，也说到了“情动于中而形于言”，却把强调的重点放在了“言志”之上。西晋时期的陆机在《文赋》中明确提出了“诗缘情而绮靡”的观点，显然不同于以表达家国大事为主的正统理论“诗言志”。不过，也需要注意到，即便是“吟咏情性”，同样也有与家国大事相联系的豪迈之情，和与个人心境相联系的一己私情，不能简单地把“缘情”等同于现代文学理论中的“自我表现”和情感表达。明代李贽的“童心”说，公安派的“独抒性灵”说，清代袁枚的“性灵”说，其实都强调了对个人“情性”的表达和抒发。中国近代的“表现论”，大多带有受到西方现代文学理论影响的痕迹。

在西方文学理论的传统中，由于柏拉图理论的影响长期处于支配地位，现代文学理论中的“表现说”作为对柏拉图理论支配地位的反抗，直至18世纪晚期以后才逐渐占上风。在这场较量中，浪漫主义诗人们为了抬高自身的地位，不仅要让诗歌与哲学抗衡，认为诗歌可以表达真理，而且还要给诗人们戴上“天才”之类的各种“桂冠”。英国浪漫派诗人济慈、华兹华斯、雪莱等人，法国浪漫派诗人拉马丁等人，德国浪漫派诺瓦利斯等人，共同推进了这一潮流。其中，最有代表性的是华兹华斯在《〈抒情歌谣集〉序》中宣称的“诗是强烈情感的自然流露”，经常被当成是现代诗歌理论中“表现论”的标志性观点。此后，还有朱光潜先生竭力推介的意大利理论家克罗齐美学理论中的“直觉表现说”，但是，克罗齐的观点与浪漫派诗人们抬高自己地位的努力并无直接关系。此外，从19世纪后期到20世纪早期，西方世界兴起了一股对抗以黑格尔为代表的理性主义的生命哲学思潮，其代表人物有丹麦哲学家克尔凯郭尔、德国哲学家叔本华和尼采、法国哲学家柏格森、奥地利心理学家弗洛伊德等人。他们强调生命意志和生命活动的本能冲动，强调非理性力量的作用，认为文艺不过是生命活动本能间接的或者曲折的表现，并不是作者在理性支配下的产物。在这股非理性主义的生命哲学思潮影响下出现的文学理论，虽然有时也被贴上“表现论”的标签，其实与浪漫派所倡导的“表现论”并非出自一路。

以“作者中心论”为依托的“表现论”文学本质观，借助“主体性”哲学理论，以颠覆柏拉图主义为宗旨，张扬个性、情感、天才，以提高诗人的地位。此后，又将法权与作者个人的权利和地位结合起来，赋予诗人以各种荣耀和权威。这种西方现代的文学思潮，与一般意义上的“表现论”有着很大的不同。受非理性主义思潮影响的生命哲学导向下的“表现论”，同样也有类似之处。就一般意义上的“表现论”而言，文学创作活动的确与作者的自主性和自由分不开，强调作者在创作中的主导地位有合理性的一面。但是，简单套用哲学上的“主体性”来谈文学上的“表现论”，并不完全恰当。我们必须看到，作者作为生存于社会复杂关系网络中的社会人，不大可能摆脱作者所处的社会生活中的物质性、经济关系、政治立场、思想倾向、生存处境的制约。在这种意义上，作者的“自主性”和“自由”都无疑会受到各种社会关系的制约。此外，必须注意的是，即便就“表现”而言，也并非只有表现情感才叫“表现”或者“表现论”，正如俄国早期马克思主义理论家普列汉诺夫所说：“艺术既表现人们的感情，也表现人们的思想。”

第四节　读者与文学的本质

现代文学理论中的“读者”概念具有多种含义。它可以指文学作品的一般读者，文学作品的鉴赏者，也可以指文学作品的批评者和研究者。但是，无论是哪种意义上的读者，从理论的关注点上说，焦点都在于“读者”与“作品”之间的关系。具体说，就是“读者”如何接受和理解“作品”所传达的内容与意义。以此为标杆，可以划分出传统文学理论的读者观和现代文学理论的读者观：传统文学理论大多没有注意到读者在阅读文学作品中的积极作用，往往把读者看成是消极的和被动的接受者。现代文学理论注意到了读者在阅读活动中的主动性和积极参与，乃至认为文学作品是作者与读者共同创造的。

以“读者”为中心来理解文学本质的观点，可以叫作“读者中心论”。因此，根据现代文学理论的理解，我们可以把“读者”界定为文学作品创作的参与者和消费者。现代文学理论的“读者中心论”受到哲学阐释学等理论的影响，从不同的角度和方面凸显了读者在理解文学作品中的积极作用。随着西方文学理论不断输入中国，当代中国文学理论中的“读者”论也在不同程度上受到了西方理论的影响。但是，这并不意味着中国古代文论中没有自己关于读者的观点和理论。

早在先秦时期，《论语·季氏》中就有“不学诗，无以言”的说法，其意思是说，阅读和学习诗经有助于培养人的理解能力和表达能力。孟子曾经提出过理解文本的“以意逆志”的方法：“故说诗者，不以文害辞，不以辞害志，以意逆志，是为得之。”孟子的说法强调在理解文本的过程中要以读者之“意”去反推诗人之“志”，实际上表明了读者要参与对文本意义的理解。汉代学者董仲舒在《春秋繁露》中提出过“诗无达诂”的著名观点，强调了不同读者在理解诗歌中存在的差异性，其中隐含着读者会把自己的“先入之见”带入对诗歌的理解中去的意思。这个观点与西方现代阐释学的观点颇为近似。

齐梁时代的刘勰在《文心雕龙·知音》中提出过“观者披文以人情”的观点，并且提出了要观察位体、置辞、通变、奇正、事义、官商的“六观”说。刘的这些观点，同样注意到了读者在阅读活动中积极参与的主动性。很特别的是，刘勰所说的“知音”，并不是指一般的读者，应该是指具有很高文学修养的读者。梁代的钟嵘在《诗品序》中认为，好的诗歌应该使“味之者无极，闻之者动心”，实际上是从不同角度看到了读者体味和聆听的不同阅读层次。明代的汤显祖，清代的李渔、王夫之，都从不同方面看到了读者在阅读活动中的不同需要、差异性和主动性。所有这些观点都表明，中国古代文论有自身关于阅读活动和读者的理论遗产，它们在理论形态和表达方式方面拥有不同于西方理论的特色。

在西方古代文学理论中，我们还是可以发现一些理论家提及读者阅读的问题。古希腊的亚里士多德在《诗学》中就悲剧的效果提出过“净化”说，他对此进行的阐述隐含着他对读者在阅读活动中的作用的认识。古罗马的贺拉斯在《诗艺》中曾提出“寓教于乐”的观点，实际上注意到了诗歌读者在阅读活动中的愉悦需求。在西方传统的修辞学理论中，非常强调演说对于听众的说服效果，这表明了相关的修辞学理论并未把听众当成消极的和被动的接受者，对于演说的内容有着自己的辨别力和判断力。19 世纪的俄国文学评论家别林斯基曾经提出过著名的“一千个读者有一千个哈姆雷特”的观点，此后这个观点被广泛援引，用以说明不同读者在阅读理解中的差异性。在马克思主义理论传统关于“艺术生产”的理论中，非常强调艺术接受者的消费活动对艺术生产活动的积极影响与作用，强调接受者的需要对生产者生产的制约作用。从 18 世纪哲学阐释学的产生开始，西方文学理论中的“读者论”开始出现了转折性的变化，读者被推到了理论前台，他们在阅读活动中的作用得到了凸显，由此催生了各种现代的读者理论。

德国哲学家施莱尔马赫和威廉·狄尔泰人为现代哲学阐释学的诞生做出过贡献，他们使阐释学脱离具体的学科门类成为一般的方法论，而 20 世纪的德国哲学家海德格尔则将阐释学从方法论和认识论转变为本体论哲学。德国哲学家伽达默尔提出的阐释学理论，对现代文学阐释学产生过重要影响。他认为，读者在阅读活动之前的“前见”具有必然性与合理性，读者的阅读活动实质上是一个“视域融合”的过程，即文本的视域与读者的视域通过阅读活动不断地融合，每一次融合的结果又构成下一次阅读理解的起点。20 世纪接受美学的代表人物姚斯和伊瑟尔也对现代读者理论做出过贡献。姚斯认为，读者阅读之前的“期待视野”决定了读者阅读理解的可能性，也对其阅读活动构成了限制。读者从阅读活动中能够理解多少东西，取决于其“期待视野”的限度。因此，对“期待视野”的研究，就成了接受美学的主要任务。伊瑟尔提出的关键概念是文本的“召唤结构”，其含义是指文本特殊的构成能够不断唤起读者填补文本留下的“空白”和“未定点”，因而，文学作品产生于读者在阅读文本时的填空活动，读者的阅读活动是一种将文本具体化的再创造行为。读者反应批评的代表人物、美国学者菲什把读者的阅读活动归结为“阐释共同体”的决定作用，认为应当重视文本话语在读者心中所产生的“心理效果”。美国学者乔纳森·卡勒认为，读者的阅读活动与读者的“文学能力”和“阅读阐释过程”有关，读者反应批评应当对这两个方面进行研究。

西方世界的各种现代读者理论最重要的贡献在于：它们揭示了读者的文学阅读活动的复杂性和所受到的限制，关注影响到读者阅读理解的社会、历史和个人因素，同时强调了阅读活动是读者与文本双向互动的过程，以及读者在阅读中的再创造活动。所有这些观点，不仅颠覆了传统文学理论对读者的简单理解，而且也改变了现代文学理论对“作品”的看法，即“作品”并不等同于物质性的文本实体，而是读者阅读活动的产物。但在另一方面，如果过分强调读者在阅读活动中的再创造作用，不注意文本的意义除了文本本身和读者，还有社会、历史和作者等诸多决定因素，那么现代读者理论解释的有效性将会大打折扣。

第三章　文学作品理论

文学作品是作家审美体验的对象化、物态化，是鲜活感性的符号化形式，是人类精神超越性的存在。在中外文论史上，文论家们从诸多角度来理解和阐释文学作品的构成问题。

在中国传统文论中，文学被看作是作家内心思想、情感、人格、志趣、精神等的外化，对文学作品的构成问题常常是从作家创作的动态性这一角度来进行探讨的，诸如构成各要素之间的运动与变化关系，创作主体意志由内向外的投射等，由此形成了文与质、言与意、形与神等辩证关系。在这些关系中，传统文论相对更偏重于关注“质”“意”“神”，力图将这些形而上的内容作为主导，从而引发、生成有形的文字。不过，这些观念并没有妨碍中国古代文论对形式美的追求。比如，在文学创作中有对骈偶形式的推崇，去齐梁时期有“四声说”“八病说”等，它们都是在形式方面独具民族特色的观点。

西方文论认为，艺术形式是实体世界的具体化、丰富化、形式化，是客观规律性与主观目的性的统一。在《西方美学概念史》中，波兰美学家 W. 托塔克维兹分析了艺术的存在方式——“形式”。他认为“形式”一词出自中古拉丁文的“形状”，这与古代希腊文“式样”“理念”等相关。该词来源的模糊性使“形式”这一概念的规定带有歧义性，出现了不同的形式理论。概括地说，“形式”一词在西方美学史中至少有五种含义，包括亚里士多德的实体存在（本体）形式、与元素相对立的排列形式、与内容相对应的外形式、与材料相对应的形状形式，以及康德的“与主体对知觉客体的把握的先验形式”，这些含义的形成与变化呈现出西方从古希腊到当代理解艺术作品形式与内容关系的历史脉络。

在西方，一般把文学作品当作“客观存在”进行研究，注重文学构成中各要素的逻辑关系。古希腊美学认为，文学作品的本体论是偏重于形式的。柏拉图认为“理念即形式”，形式是最真实的本体。亚里士多德在《形而上学》中指出，形式是事物的本体，艺术作品的美在于有头有尾的整一性。这种整一性既是形式的，又是内容的，是它们之间的一种契合。近代西方美学对艺术作品本体论的认识则显示出形式和内容的对立与分裂。在黑格尔那里，文学作品的内容与形式成为互相对立统一的两部分，并形成了三种主要的形态：形式大于内容为象征型艺术，形式与内容完美结合为古典型艺术，内容大于形式为浪漫型艺术。到了现代，哲学家试图弥合由于内容和形式的二元对立所造成的作品本体的两分局面。在形式主义思潮之后，结构主义、文学阐释学、文学现象学、接受美学、后结构主义等，都纷纷放弃了从内容方面来研究文学作品的构成。结构主义试图用作品的深层结构与人类心理的深层结构的对应关系，来取代传统的内容与形式的辩证关系，努力挖掘内容下面的深层意蕴；新批评的作品本体论立足于作品的抽象与具体关系上，强调通过语言分析去演绎作品的本意。此外，兰瑟姆的“架构—肌质说”、弗洛伊德的心理分析、弗莱的神话分析、罗兰·巴特的文学分析、英伽登的艺术作品现象学分析等，都从不同角度对文学作品的本体论进行研究。这些研究表明文学研究已从外部研究走向内部研究，成为了20世纪文论的热门话题。可以说，文学作品本体论具有明显的偏重形式的倾向。在他们看来，“内容”一词，不仅含有具体形象，还包括逻辑、理念、伦理社会、历史等非艺术的因素。于是，人们将注意力放到作品本体的层次上，从不同角度、不同视野去挖掘语音学、文化学、心理学、文学等的深层结构。形式不再仅仅是内容的承担者，而成为内容本身。

需要注意的是，在接受美学看来，文学的构成从来就不是作品单方面的，读者的阅读行为是构成文学的重要部分。一方面，读者并非消极被动地接受作品的内容，而是带着自己独特的个人文化背景与“期待视野”来阅读，这种阅读的效果会有千变万化的结果和阐释意义；另一方面，那些将批评的重点放在对作家本意的追寻或者作品意义推敲的研究，是不能够真正走进文学本身的，真正的文学需要有具体读者的参与。因此，研究读者的心理活动与接受方式及其与文学作品之间的关系，也是他们新的研究方向。在这些方面，德国的加达默尔、法国的杜夫海纳、德国的姚斯等都曾作过深入的研究。

在后现代那里，一切坚固的东西都开始动摇、消散。所谓人的深层心理结构也并非是一成不变的，而是被各种社会现实建构起来的。以法国德里达为代表的解构主义试图消解西方一直以来的、根深蒂固的逻各斯中心主义。由于每个词语客观上都有多面性，因此文本中的任何词汇与概念可以被它的对立面所替换的，通过这个“技术”，文本所谓的客观性也就被瓦解了（这就是德里达所谓的“危险的替补”），德里达抓住了语言和词汇对文本意义在表达上的根本缺陷，指出语言和文本的独立导致了传统相信非语言实体的真实性（如真理）的瓦解，每一个词语都是它自身，又在阅读它时产生变异。通常我们在阅读时，会选取某个词的一种确定的意义而忽视其他意义，这种选择就导致了这个词的其他意义的开启，语言的这种缺陷是永远存在的。美国的文学批评家如卡勒、米勒、保罗·德·曼等，都曾把这一理论运用在文学批评领域，使得文学在其构成上似乎变得飘忽不定，也使得任何边缘因素都有可能参与到文学的构成中来。

整个艺术史是艺术作品存在形式不断嬗变和扬弃的历史。在当代文论看来，文学作品是一个多层次逐渐指向深层结构的整体。这种深层结构和形象系统的建构是作家独特的、不可重复的，蕴含了生命体验和自我生存价值的确证。

第一节 文学作品的内容与形式

“内容”和“形式”是哲学上探讨事物构成的基本范畴。无论是自然界，还是人类社会，事物都有其内容和形式，都是两者的统一体。所谓内容，指的是构成事物内在要素的总和；所谓形式，指的是事物内在要素的组织、结构或表现形态，是事物存在的方式。

在中国传统文论中，虽然没有统一的关于文学构成的理论，但早在春秋时代，孔子就曾对文学的构成有过论述。在《论语·雍也》中，他说：“质胜文则野，文胜质则史。文质彬彬，然后君子。”内容与形式是以“文”和“质”的概念来表达的：把事物内在实质看作为“质”，把事物表现于外在的、可观可见的、有章可循的表象看作为“文”，孔子强调文质并重。然而，孔子在一定程度上又单独强调了“质”的重要性。如在《论语·先进》中，他说：“先进于礼乐，野人也；后进于礼乐，君子也。如用之，则吾从先进。”这里可以看出，孔子对脱离个人内心修养而片面追求外在空洞形式的厌恶。

从《周易·系辞》中演变出的“言、象、意”之间的关系，不仅涉及儒家对《易经》的观点，还涉及庄子对“言”和“象”关系不同于儒家的观点。直到魏晋时期，王弼在《周易略例》一文中对这个问题作了折中式的总结，成为此问题的经典论述。但此后关于“言、象、意”的讨论仍是层出不穷。在传统文论中还有“形”“神”关系论。在先秦，庄子认为有生于无，有形之物生于无形之道。汉代的思想虽然强调了形与神对事物构成的作用，但仍偏重于神，以神为主导。到了魏晋时期，出现了“形谢则神灭”（范缜，《神灭论》）与“形尽神不灭”（主要为佛教所倡导）的争论，在文论上表现为“巧构形似”“贵尚巧似”（钟嵘，《诗品》）的重形论。到了唐末，从司空图开始引发了反对形似的文学倾向，提出了“超以象外，得其环中”（《诗品·雄浑》），使其后的诗文、小说、戏曲理论都开始以重意境、重传神为主要的审美趋向了。

从内容与形式的辩证关系来理解文学作品的构成，亦是西方古典哲学和美学体系以及新中国成立以来文学理论界的主要导向。较早论述内容与形式有着不可分割辩证关系的是德国哲学家黑格尔，他清理了一般观念中把内容看作独立于形式之外的东西，把艺术的形式看作艺术成熟的重要标志之一。同时，他从亚里士多德的“四因说”出发，分辨了内容与材料的不同，材料是没有包括成熟形式在自身之内的。

苏联的一些文论家继承了马克思主义运用辩证关系来探讨文学的构成，代表人物有19世纪的别林斯基等，他们侧重于从文学作品的内容这一角度来探讨文学的构成；毕达科夫将文学的内容与社会生活联系起来，把形式看成能够整合内容并传递内容含义的形象，因此，后者常常带有一定的社会普遍性。

新中国成立以来的文学理论教程，在讲述文学作品的内容时，把思想情感看作是与现实生活同样重要的方面，并加入了“人”的因素；在讲述形式时，把形式看作是动态的生成维度，这与中国传统文论注重创作有着一定的继承性。

在西方，有的文论将内容与形成完全等同，有的则将二者割裂，甚至把内容还原成材料。比如俄国形式主义认为，文学研究的对象是文学作品本身，要探寻文学自身的特性、规律和独立自主性，即“文学性”。雷·韦勒克和奥·沃伦在编写的《文学理论》中认为，从文学作品的多层次存在方式及层次系统出发，上述二分法过于简单。他们关注的焦点是20世纪的结构主义，注重文学作品的多层结构及其相互关系。而佛克马等编著的《二十世纪文学理论》则对从俄国形式主义到结构主义的文学构成观做了较为清晰的勾勒，展现了从形式角度来看待文学作品构成的另一派图景。

总之，在文学作品中，内容和形式互相依存，作家根据一定的内容选择相应的形式。当然，形式也具有相对独立性。它们之间的关系如同一个人灵与肉的关系，二者合一才是丰富的、充满灵性的。

第二节　文学作品的内容要素

文学作品的内容指作品中表现出的渗透着作家思想情感、认识评价的社会生活等，主要包括题材与素材、主题与情节、人物与环境、形象与情感。

题材有广义和狭义之分。广义的题材是指文学创作的取材范围，文学作品反映的社会领域，如历史题材、工业题材、农村题材、商业题材、军事题材、爱情题材等。狭义的题材是指作品中表现出的、经由作家在审美体验的基础上对素材进行加工、改造、提炼后的社会生活现象、心理意象、象征等。题材不同于素材。素材是作家接触到的、未经加工的原始生活材料，题材则是在素材的基础上加工而成的作品内容。题材在作品的内容中具有重要作用，是“构成已被规定了的作品内容的基本材料，是作品内容的基础”。因体裁的不同，作品的题材则有不同的构成特点：抒情类作品以情感表现为核心，叙事类作品则以人物塑造为核心。题材的形成离不开作家生活实践和世界观的制约，是作家从积累的创作素材中提炼加工而成。通常，我们把社会生活看作是题材的主要来源。但一些文学研究者也指出，题材虽然与一定的社会生活相关，但更多地却与“母题”相关，如俄国形式主义者。“母题”最初源于民间文学、民俗学研究，在文学作品中指的是不断以文学形式出现的、人类所面临的种种问题，是“最简单的叙述单位，它形象地回答了原始头脑或生活中的各种问题”。例如，各种关于日食、月食的神话，各类有关民俗的传说等。

情感是构成文学作品内容的另一个要素，它充分体现了文学创作中作家的个人因素，这使得作品成为独特的、具体的现实存在，也是文学区别于以普遍性为对象的哲学或科学的重要特征。如苏珊·朗格所说的：“艺术品是将情感（指广义的情感，亦即人所能感受到的一切）呈现出来供人观赏的，是由情感转化成的可见的或可听的形式。”“这里所说的情感是指广义上的情感，亦即任何可以被感受到的东西——从一般的肌肉觉、疼痛觉、舒适觉、躁动觉和平静觉的那些最复杂的情绪和思想紧张程度，还包括人类意识中那些稳定的情调。”人类情感无所不在，任何艺术作品都无法脱离情感，即使是“不动声色”，这本身也是一种情感。

不过在西方文论的传统中，历来对“情感”这一要素的阐释不够。柏拉图甚至认为情感是“人性低劣的部分”，而诗歌模仿这个低劣的部分，则是对理想国有害的。直到启蒙运动以后，由于人性的进一步觉醒，近代哲学出现了人文上的转折，情感这一要素才逐渐受到广泛重视和深入研究。比如康德既承认审美意象是一种想象力所形成的形象显现，同时又将审美判断力与情感相连，认为情感可以使认识能力生动起来。18 世纪中叶，鲍姆嘉通创立美学，试图建立一种以人的感性为研究对象的科学。但在他的理论中，感性和情感仍然是“初级的”，还有待提升到理性高度上去。

在试图回归自然、情感，寻求完美人性的浪漫主义者那里，情感受到了空前重视。浪漫主义强调情感的自然流露，强调直抒胸臆。情感不仅是作家个人激情与自由意志的表达，更是一种来源于人本身的、前所未有的创造力，它使主体逐渐摆脱理念的约束。20 世纪的表现论是西方最为重要的艺术理论之一，其基本内容是阐明艺术的本质在于情感表现。克罗齐直接把艺术归结为直觉，把直觉归结为情感表现；柯林伍德进一步强调艺术的表现性特征，认为只有表现情感的艺术才是真正的艺术。然而之后，在实证主义思潮影响下，客观的普遍性再一次战胜了主观的个体性。新批评的前驱者 I.A. 理查兹试图以理性的方法来分析情感的产生，把情感还原成各种环境—身体之间的刺激与冲动的不同类型，认为情感是可分析，甚至是可模拟并再现的东西。

对于注重个体性的中国传统文论来说，情感这一要素从一开始就处在非常重要的位置上，如《礼记·乐记》中对人的情感与社会之间的对应关系，音乐（艺术）与人的情感关系的强调，等等。因此，在中国传统文论中，有“诗言志”和“诗缘情”两种强调艺术作品表现情感的观点。不过，需要注意的是，中国古代文论强调情感并不等于强调或突出主体（作家对于外部世界、对于他人的意志）的作用，相反，它强调的“情”恰恰是建立在放弃自我的主观任性，同时体察天地万物、人伦关系的基础之上的，具有普遍内涵的情感，而非一己私情。

在传统文论中，文学形象是构成文学作品内容的重要因素。文学形象塑造得成功与否，是衡量文学作品尤其是叙事类作品成功与否的重要标志。与哲学、科学、宗教等不同，文学主要用形象来反映生活，表达情感。正如黑格尔所说：“艺术观照和科学理智的认识性探讨之所以不同，在于艺术对于对象的个体存在感到兴趣，不把它转化为普遍的思想和概念。”文学形象包含着深刻的社会生活本质与内涵，既是具体的、感性的、个别的，又是带有普遍性的。

“形象（image）”一词的本意指人物或事物的形体外貌，具有可视、可触和可感的形状。日常生活中所说的形象是客观存在的，其外部形式特征是事物所固有的，而文学形象与日常生活的形象有所区别，它是作家主观虚构和艺术想象的结晶，灌注着创作者的文化情趣和审美理想。值得注意的是，西方文化自现代性以来逐渐成为世界主流文化，常常把形象看作是一个独立于主观世界和客观世界之外的中介世界的思想。这个中介世界类似于卡西尔哲学中的符号世界，哲学、科学、历史、神话、艺术都是人们为了认识世界和表现世界而创造出来的符号世界，人通过符号来认识世界，世界通过符号呈现给人们。在全球化时代背景下，形象的意义表达形式逐渐发展为三种：现代艺术中的美学意象、日常生活中的各类图像和文化互动中的文化形象。

在文学理论中，人们常常把“形象”与“意象（imagery）”一词混用。广义的文学形象指的是文学作品中描写的人物、景物、环境等一切有形物体所构成的艺术画面，而狭义的专指作品中的人物形象。文学形象不仅限于视觉形象，还包括人的五官所能感识到的一切形象，甚至包括更深层次的、经由人生感悟引发的超越“象”的境界。在西方，优秀的文学形象即典型，是作家成功塑造的生动丰富的艺术形象。较之一般的形象而言，它更能深刻地揭示和反映社会现实甚至人类历史的发展方向。

而在中国古代，文学形象的塑造更多的是追求一种超越五官感识的“境界”，要求透过眼见之“象”，体悟人与自然、人与世界的融通之感。虽然中西方对文学形象的塑造方式、呈现方式不同，但殊途同归，都是诉诸具体物象来表达作家对世界的理解和感受。

“典型”理论源自西方，是西方文论对文学形象的深入理解，是现实型文学形象的高级形态。典型主要出现在叙事类作品中，是由一连串意象所组成的形象体系，其中那些既包蕴着丰富的社会生活内涵，又具有高度个体性的优秀形象就是典型。早在古希腊时期，柏拉图和亚里士多德就开始探讨这一问题。典型说在西方大致经历了三个主要发展阶段：第一阶段是 17 世纪以前，以古罗马的贺拉斯、法国的布瓦洛等为代表，注重典型的普遍性和共性，强调类型概括。“典型”一词，在希腊文中的原义是“模子”。比如布瓦洛在《诗的艺术》中说，艺术所再现的是具有鲜明性格类型的形象，如风流浪子、守财奴，或者老实、荒唐、糊涂、嫉妒等。第二阶段是 18—19 世纪，典型逐渐开始由重视共性向重视个性的转变。这一时期，法国的狄德罗、德国的莱辛等注意到环境对典型形成的重要作用，开始把典型与具体现实和个别性联系起来，形成了以强调个性为主的“个性特征说”。第三阶段是19世纪80年代末开始，主要是马克思主义典型观的发展和成熟，使典型理论发展到一个崭新阶段，诸如恩格斯提出的现实主义要“真实地再现典型环境中的典型人物”等。

典型形象为什么具有深刻的普遍意义呢？马克思的“人是社会关系的总和”这一观点具有较大的启示意义。丰富的社会实践塑造着一个人的性格形成：一方面，个人会在社会关系中体现出独特性格；另一方面，这些性格也会接受社会关系的考验与重塑。对典型形象的性格分析成为现实主义文学批评的重要传统，文学史上那些著名的典型人物之所以意味无穷，就是因为他们有着内涵丰富的性格特征。从这个意义上讲，文学批评正是通过深入的性格分析透析复杂的历史景象，透视特定历史时期社会关系。

“意境”是中国古典文论和传统美学的独特范畴。它由一系列意象组合而成，追求一种超越具体情景、事物和身心感知的、对宇宙人生更深广的体悟，所以它更多地出现在抒情性文学作品中。“意境”与“意象”这两个概念关系密切。“象”这个词出现在先秦时期，《易传·系辞》说：“书不尽言，言不尽意”，要“立象以尽意”。到了魏晋六朝时期，“象”逐渐转化为“意象”，在刘勰的《文心雕龙·神思》篇中有“独照之匠，窥意象而运斤”。“意”是诗人的主观情志，“象”是客观事物或形象。中国古典诗学不仅关注诗所传达的意象，更关注“言外之意”或“象外之象”，即我们所说的“意境”。“境生于象外”，更多强调的不是某种有限的“象”，而是虚和实、有限和无限相结合的“象”，正如宗白华所言：“化实景为虚景，创形象以为象征，使人类最高的心灵具体化、肉身化，这就是‘艺术境界’。”而在西方古典诗学中，“意象”也是一个关键词，与想象力、感知、心象、表征等诸多概念密切相关。

在文论中，最早提出“意境”这个词的是唐代诗人王昌龄。他在《诗格》中说：“诗有三境。一曰物境：欲为山水诗，则张泉石云峰之境……二曰情境：娱乐愁怨，皆张于意而处于身……三曰意境：亦张之于意而思之于心，则得其真矣。”后来皎然提出“缘境不尽曰情”“文外之旨”“取境”，刘禹锡提出“境生于象外”等重要命题，此后司空图、严羽等的诗论虽然不涉及意境这个词，但意境说的基本内涵和理论架构几近确立。作为正式的诗论范畴，“意境”出现在明代。朱承爵在《存余堂诗话》中说：“作诗之妙，全在意境融彻，出音声之外，乃得真味。”至晚清，王国维集前人之大成，比较完整地论述了这一美学范畴，指出其本质特征在于意与境的融合：“上焉者意与境浑，其次或以境胜，或以意胜。”意境有三个主要特征：情景交融、虚实相生和超以象外。对意境的理解与分析应该从动态角度，即情与景、虚与实等的相融相生切入，不宜把它们看作是机械的叠加。关于意境的类型有多种说法，具有代表性的是两种：一是刘熙载在《艺概·诗概》中归纳的四种意境：“花鸟缠绵、云雷奋发、弦泉幽咽、雪月空明。”诗不出此四境。二是王国维在《人间词话》中提出的“有我之境”与“无我之境”。

中西方文学艺术由于各自文化背景、哲学传统、思维方式、社会根源等的不同而显现出不同特点，“典型”和“意境”是中西方文论最具代表性的理论范畴，是对艺术美本质探索的结晶。

第三节 文学作品的形式要素

文学作品的形式是文学作品内容诸要素的组织结构、表现手段和具体的外部形态，是文学内容的存在方式，主要有语言、结构、体裁等要素。语言是文学区别于其他艺术的根本特征，结构是文学语言的组成方式及其系统，体裁是在各民族的文学史中沉积下来的、相对稳定的结构方式。

一、语言

“文学的第一要素是语言”，它直接构成了文学作品的物质表象，但它也不仅仅是文学构成的媒介和存在方式。

文学作品作为作家审美意识的物化形态，必须通过文学语言来加以呈现，它既是文学表现内容的手段，又是连接文学形式各因素、构成文学存在形式的要素。在文学实践和文本生成过程中，文学语言的功能不只是表达意义，传递内容，而且诉诸感性审美层面，从而更好地表现与情感相统一的内容。

无论是中国传统的文学实践，还是西方语境中的文学实践，对文学语言的理解都有着极大的共通性。这与文学作为人类审美把握外部世界、表达主体情感和创造特殊文本的特性密切相关。

随着人类社会的不断演进，语言根据使用功能、目的、场合而发生分化。一般来说，语言具有三种基本形态：日常语言、文学语言和科学语言。日常语言突出实用目的，基本功能是传情达意；科学语言具有强烈的工具性特征，基本功能是理性的、逻辑的认识；而文学语言则以审美功能为主要特征，通过声音、结构和审美特质凸显自身存在。

文学语言具有形象性、情感性、暗示性、音乐性等特征，但其审美特征最终体现为“话语蕴藉”。“蕴藉”一词，来自中国古典诗学，“蕴”的原意是积累，引申为含义深奥；“藉”的原意是草垫，引申为含蓄。文学语言的蕴藉美体现在“意在言外”、含蓄、朦胧甚至含混的审美效果上。从词语、句子、音调、风格、意境等各个层面共同形成了这一特征，使文学文本包含了意义生成的无限可能性，在有限的话语中蕴含无限的意味，营造出一个特殊的情感艺术世界。

文学语言的组织有三个层面：语音层面，包括节奏和音律；文法层面，包括词法、句法和篇法；修辞层面，包括比喻与借代、对偶与反复、倒装与反讽等。

在 20 世纪初，西方哲学界出现了语言学转向，即通过研究文学、日常用语、逻辑等语言现象和表述方式，挖掘人类更深层的思维与文本表达之间的关系，其中一个主要倾向是从注重思维向注重表达（及其表达方式）转变。比如在俄国形式主义者看来，文学语言最重要的特征在于它并不为陈述某一具体的事件或抽象的理论服务，即不指向语言之外；相反，它指向语言本身。

二、结构

从词义上讲，“结构”指事物各部分关联组合的方式。在文学理论中，文本结构通常指文本内部的组织架构、部分或要素之间的关联方式。文学文本的结构是一个完整的有机体，包括文本的外结构和内结构。所谓外结构，指文本所呈现的在直观上可以把握的形态特征；所谓内结构，指文本内部各部分或各要素之间的复杂关系，它隐含在文本的肌理中，具有决定文本整体性和主导风格的功能。

结构在文学作品中的表现是多方面的，包括字词的搭配、语段的组织、人物关系的处理、意象的组织等。在诗歌中，较为明显的是各种韵、格律都有严格的音节或字数限制，在朗读时能够产生音乐上的形式美感。

韵和顿的使用可以帮助形成诗歌的节奏和音律感。在“韵”方面，“诗与韵本无必要关系。日本诗到现在还无所谓韵。古希腊诗全不用韵”。但是，“就一般诗来说，韵的最大功用在把涣散的声音联络贯串起来，成为一个完整的曲调。它好比贯珠的串子，在中国诗里这串子尤不可少”。所谓“顿”即在读完相对完整的意义段时，有一个停顿，在句子意思完全完成之后，才是停止。停顿一般都依赖自然语言的停顿，由此形成的节奏也就是自然语言的节奏。由于西方的语言是注重音声的，其发音的长短轻重较容易区分，于是显出较为明显的节奏。

此外，文章整体的格局安排也非常重要。以什么为纲、为主线，都表达了不同的文学观念。例如，在叙事类文学中，时间是一个常用的主要线索；而在刘勰看来，“事义”则是更重要的线索；当然，从语言、格律等方面来考察文章的结构，也是较为常见的。然而现代西方文学理论，尤其是结构主义则认为在文学叙事中，掩藏着更深层的结构，这个结构来自人类的深层心理结构或者社会结构。在早期结构主义者那里，习惯于把这种文学叙述上的结构还原成人类心理上的固定结构，或者还原成人类始终面临并回答的问题（如生与死的关系）。这个时期的理论较为单纯，主要从叙述的功能来简化和考察文学作品。但随着理论研究的深入，一些学者开始发现这个结构有可能是变动的，如罗兰·巴特就发展了索绪尔在语言学上的能指与所指理论，提出了所谓的元语言。元语言是一种语言（如法文，或者交通信号系统）的整体使用情况，它建立在对具体的言语使用（能指与所指结合成指称关系）之上。它不是一成不变的，会受到变动着的社会意识形态的影响。

总之，结构的功能不仅体现在具体的文学文本中，也体现在文学史的发展过程中，它具有动态性。一方面，文本结构不是文本结构各要素的简单叠加，而是它们之间的互动与整合；另一方面，从文学史的角度看，这些诸要素之间存在着持续的较量，在某一时期某要素会占据主导地位。

三、体裁

从词源上讲，“体裁（genre）”这个概念源自拉丁文 genus，本义为表示生物分类体系中“属”的概念，一般的意义是“种类”或“类型”。在文学史上，它又可以被称作“文类”，是一个古老的批评概念。

在中西方的文学理论中，有着大量关于文类的文献资料。早在先秦时期，“文类”

的思想就已经萌芽了，“诗三百”中的风、雅、颂就是对文类的区分。对文体的划分最早出现在魏晋时期，曹丕的《典论·论文》将文划分为四类八体，并指出它们“本同而末异”。其后的文体日趋纷杂，划分也没有定论，萧统《文选》将文类分为 39 类，刘勰、《文心雕龙》分为 34 类，不过也有一类依据儒家“五经”（即《易》《书》《诗》《礼》《春秋》）来进行划分的。再后来，明代吴纳的《文章辨体》、徐师曾的《文体明辨》等对这一问题做过总结。应该说，中国的文体划分在产生之时就不是现代意义上的，带有实用性。与西方不同的是，这些实用文体在其发展过程中并没有完全从文学中脱离开去，而是与诗词曲赋等一起成为文学体裁的组成部分。

在西方，柏拉图和亚里士多德等提出过文类概念。在《诗学》中，亚里士多德从模仿的媒介、对象和方式三个方面来区分不同的文类。在专论戏剧的部分，他按不同的模仿方式指出叙述与戏剧的不同。黑格尔从辩证的角度给出了文体划分之三分法的哲学基础，在客观、主观、主客观相相合的思辨视角下，叙事、抒情和戏剧也分别被赋予了辩证发展的关系。19 世纪的俄国文学理论家别林斯基在黑格尔理论的基础上做了更详尽的发挥。但在 20 世纪以后，文论界出现了对这种划分方法的质疑，如瑞士的施塔格尔就提出不要把具体的文学体裁，如诗歌与抒情类文学固定地联系在一起，而是把抒情、叙事、戏剧看成一种观念，这些观念之间是可以交叉使用的，如抒情式戏剧。总之，文类是一个历史范畴和文化范畴。不同的时代有不同的文类及其划分标准；不同的文化也因其独特的传统而有不同的文类及其区分标准。同时，文学史上还存在着具有持久性和普遍性的文类，比如戏剧和诗歌。

每一种文学体裁都经历了从产生、发展到成熟的过程，这是文学文本的具体存在形式，是塑造形象、表达情感、结构布局、语言运用等方面呈现出来的具有稳定性的审美形式规范。文学史上对体裁的划分标准不一，主要有二分法：把文体分为韵文和散文；三分法：把文学作品分为叙事类、抒情类和戏剧类；四分法：把文学分为诗歌、小说、散文和剧本。这些分类方法在使用的时候也不是截然分开的，它们之间互有交叉，如抒情诗歌、叙事诗、议论散文、叙事散文等。

第四章　文学创作理论

传统文学理论认为，文学创作是文学活动中重要环节，决定着文学作品的基本面貌。文学作品的内容和形式，尽管受到社会生活和文学传统的深刻影响，但最终都是文学创作的直接结果；同时，文学创作也是文学活动中最能体现主体性的环节，从构思到写作，都是创作主体的精神劳动。在西方文学理论中，再现论传统源远流长，主张文学艺术应该逼真地再现现实世界，但是，从古希腊的模仿论到文艺复兴时期达·芬奇的"镜子说"，再到 19 世纪的现实主义和自然主义，这个传统并未忽视艺术家在艺术再现过程中的主体作用。同样渊源于古希腊的表现论传统，更是把文学创作看作对作家主体精神世界的表达。中国古典文论对文学创作主体性的强调更为突出，"言志说""缘情说""物感说""养气说" "载道说" "童心说" "性灵说"等，尽管具体针对性各有不同，但都一致肯定了作家主体性在文学创作中的主导作用。以作者为中心的理论体系之所以在中、西文学传统中都长期占据主流地位，一个很重要的原因就在于对文学创作的主体性的高度重视。

20 世纪以来，上述关于文学创作的两个基本认识都遭到了质疑和挑战。一方面，文学阅读和接受环节受到空前的重视，读者通过文学阅读过程不仅参与了文学意义的生产，而且读者的审美需求和阅读习惯也可能直接影响到作家的创作。文学的创作与阅读是相辅相成的，文学创作的成品是文学阅读的对象。同时，任何文学创作都有一定的文学阅读作为基础和前提，任何文学创作也都有对假想读者的预设。因此，文学创作不再是由作家及其创作过程单方面决定的，读者和文学接受同样参与了创作过程。现象学美学、阐释学、接受美学、读者反应批评等理论都有这方面的相关论述。另一方面，在后结构主义的冲击下，主体性哲学摇摇欲坠，主体不再是一个固有的、稳定的存在，而是被各种社会因素建构起来的，并始终处于不断被重构的状态。按照这个逻辑，对于文学创作的主体性，也有必要进行重新认识。既然作者的主体是被建构的，主体本身就具有被动性，那么，文学创作的真正主宰者就不是实际的作者，而是建构作者主体性的种种社会文化力量。罗兰·巴尔特的"作者之死"，其实就是说，作者不是作品意义的最终来源和真正控制者，传统文学理论赋予作者的权威是不恰当的，后结构主义的质疑已经使之坍塌。当代的身份批评虽然也重视对作家主体的研究，但对于文学创作主体性的认识，已经与传统的作者中心论有很大不同。

从古至今，人们对于文学创作的认识有变化，有分歧，发展出各种理论观点。但所有这些理论，都离不开对以下几个基本问题的探讨：一是文学创作的性质；二是影响文学创作的因素；三是文学创作的具体过程和基本规律。

第一节　文学创作的双重属性

文学创作作为一种特殊的精神文化生产，具有双重属性：一方面，它具有一般文化生产的性质，是在特定的社会物质条件和社会文化环境中进行的；另一方面，它又是一种独特的艺术创造活动，是经由作家个体的艺术实践而得以实现的。

一、作为文化生产的文学创作

文化生产是人类社会实践的重要领域，一般文化生产的性质，使文学创作具有鲜明的社会性。从历时性角度看，第一，文化生产是人类社会发展到一定阶段的产物：只有在满足了基本的物质生存的条件下，人类才有时间从事文化生产活动，这是文学创作得以存在的社会前提；只有在社会分工出现以后，才会产生专门的文化生产部门和文化生产者，这是文学创作得以专门化的社会前提。第二，不同社会发展阶段所能提供的不同物质技术条件，也对文学创作产生着重要影响。例如，在文学发展中，韵文先于散文是一种普遍现象。这正是因为，在造纸术发明和广泛使用之前，用于记录文字的材料要么昂贵，要么不便，口耳相传是当时重要的传播方式，因而朗朗上口、便于记忆的韵文成为文学创作的首选。随着造纸术和印刷术的日益成熟，篇幅较长的散体文创作才渐渐发达起来。长篇小说在文学史上相对其他文学体裁出现得晚，社会物质技术条件的限制是一个重要原因。同样，小说创作在现代时期的繁荣，也在很大程度上得益于机器印刷、商业出版和教育普及等社会物质文化条件的提升。第三，不同社会发展阶段对文化生产的组织方式，也影响着文学创作的性质和方式。20 世纪以来，随着商品生产的逻辑从物质生产领域不断向各种文化生产领域扩张，人们提出了“文化产业”的概念，出版机构在对文学作品的艺术水准、思想道德水准进行把关之外，还增加了商业运作功能，文学作品也同时具有了文化商品的属性，这既从宏观上对作者的自我定位和文学观念发挥影响，也在题材的取舍、风格的形成、文体的选择等方面对文学创作产生具体影响。

从共时性角度看，首先，任何语种、民族和地区的文学创作，都与其所处社会区域的物质文化生活具有不可分割的联系。因而文学创作像任何文化生产一样，不可避免地具有民族性、地方性，这也使得世界范围内的文学创作在艺术形式、题材内容等方面呈现出千姿百态的面貌。例如，中国古典诗歌的整齐对仗，西方十四行诗交替回环的用韵，即是分别建立在汉语和拼音文字的不同语言特征的基础之上。其次，不同文化生产部门之间的相互影响，也把诸多社会性因素带入文学创作。科技的发展，不仅催生了科幻小说这一新的文学体裁，为文学创作提供层出不穷的新鲜题材，也为文学创作在艺术形式上的探索开拓了新的空间。比如，复杂的叙事技巧的发展与传播技术的现代化不无关系；当下网络传播的超链接技术和集文字、声音、动态图像于一体的多媒体技术，也正在给文学创作带来前所未有的可能性。

总之，文学创作作为文化生产，其生产过程和生产方式具有社会性，在精神内容、意识层面上具有社会性；在艺术形式、审美风格上也具有社会性；而人类社会物质生产的发展程度与组织方式也经由这些社会性因素间接地影响文学创作。

二、作为艺术创造的文学创作

然而，文学创作又不仅仅是一般的文化生产，还是一种艺术创造活动，具有个性化和超越性的特征。文学创作是一种个体精神劳动，是个人艺术天赋、文学修养、生活阅历、思想境界的凝结；而前面谈到的文学创作的社会性，也是经过作家的个体实践才得以呈现出来的。进入文学创作的社会生活，是作家所感知的社会生活，打上了作家个人的心灵烙印；最终呈现在文学作品中的社会生活，以一种独特的语言形态和叙事结构而存在，体现了作家创造艺术形式的才能和风格。同一种社会生活内容，经过不同作家的体验和创作，最终在作品中可能呈现出非常不同的面貌。古今中外的文学史上都不乏这样的例子。1923 年夏，朱自清和俞平伯同游秦淮河，事后同以“桨声灯影里的秦淮河”为题各写一篇散文，对游历的记载各有侧重，由景物人情引发的思绪也颇为不同，文笔风格意境更是各异其趣。这个例子充分说明了文学创作的个性化特征。

艺术创造活动的心理动力来源于内在的审美需求，它对于现实的物质条件和社会文化环境具有一定的超越性。主要体现在这样三个方面：对现实生存的功利性的超越，对具体模特和范本的超越，对某些落后于时代的社会道德秩序的超越。从第一个方面来讲，人类的需求是多层次的，在基本需求层次上，人们以功利性的眼光审视自身与世界的关系，以功利性为目的进行社会实践活动，人类的现实存在是不自由的；在更高的需求层次上，人类还要追求精神自由、心灵愉悦，艺术创造活动正是满足后一种需求的主要途径。因此，艺术创造活动不会受限于现实功利逻辑。一双被扔掉的破旧农鞋在现实生活中毫无价值，人们也不会留意它的形状和质地，但经过凡·高的艺术创造，它成为审美对象，人们从它破损泥污的形象中感知到多种信息，引发种种体验感悟，这双进入画布的农鞋也因此被创造出新的价值。文学创作也是如此，现实生活中一些令人厌恶或恐惧的人物、场景，在艺术作品中却给人们带来深刻的情感震撼和心灵体验，对读者产生了巨大吸引力，甚至成为经典的艺术形象。从第二个方面来讲，生活是艺术的范本，但艺术不会按生活原样原封不动地临摹，而是按照审美原则进行创造性加工，被创造出来的艺术形象，往往凝聚着艺术家的理想。例如，人体雕塑创造出来的是理想的人体形象，在身体比例上比现实中的模特更符合标准。亚里士多德在评价古希腊戏剧家时曾这样说："索福克勒斯是按照人应该有的样子来描写，而欧里庇得斯是按照人本来的样子来描写"，他更推崇索福克勒斯的创作，"应该有的样子"，正是体现了艺术创作对现实的超越。为了超越现实的局限，艺术家不仅对模特或素材加以改造，还往往根据多个模特进行取材，"杂取种种人，合成一个"，鲁迅在谈自己的小说创作时就指出，"所写的事迹，大抵有一点见过或听到过的缘由，但绝不全用这小实，只是采取一端，加以改造，或生发开去，到足以几乎完全发表我的意思为止。人物的模特儿也一样，没有专用过一个人，往往嘴在浙江，脸在北京，衣服在山西，是一个拼凑起来的角色"。从第三个方面讲，社会的价值观念和道德秩序是在社会生产关系和生存状态的基础上形成的，但它一旦形成，就拥有相对的独立性和稳定性，当后者发生急剧变化时，价值观念和道德秩序跟不上变化，就体现出一定的滞后性。在文学史上，我们常常发现这样的现象，在社会变化比较剧烈的时候，文学对现实的批判尤为突出，在当时被斥为伤风败俗，被列为禁书的一些作品，在新的时代则被誉为启蒙的先驱。这种评价上的变化，其实正好体现出这些作品在思想精神领域的敏锐性和先锋性，正好体现了文艺创作对于那些落后于时代的价值观、伦理观的超越。

在具体创作实践中，文学作为艺术创造活动而具有的个性化、超越性，与文学作为文化生产活动而具有的社会性，是并存的，是对立统一的，这样的双重属性为文学创作带来了极大的张力。

三、文学创作的主体

既然文学创作具有艺术创造与文化生产的双重属性，那么创作主体就不只是作为个体而存在的作者，还包括文化生产体制和文化生产机构。前者是通常意义上的作者，即狭义的作者，他们是文学作品的直接写作者；后者是广义的作者，包括组织、策划、出版等生产环节，它们也或直接或间接地参与了文学创作过程，并对文学作品的最终形态产生影响。在传统文学创作论中，对作者的关注主要集中于狭义作者，而把生产传播环节笼统地理解为影响文学创作的社会文化因素，没有充分认识到它们也是创作主体，并对创作过程有直接的介入。20 世纪以来，西方哲学对主体性问题的思考有所深入，文学理论对创作主体的认识也有明显的扩展。

文化生产的体制和机构，其主体性体现在以下方面。

（1）通过文学创作的选题策划和编辑修改等环节，与狭义作者形成直接的合作互动关系，从而介入具体的文学创作过程。

（2）文化生产机制对一定时期文学标准和创作方式的形成有相当程度的参与，在宏观上影响文学创作，如从个人兴趣出发的业余创作与在现代文化生产机制下的职业化创作相比较，作家对题材、风格、体裁的选择，作家所表达的思想倾向、价值观念，以及作家的创作方式和进度，都会有所不同。

（3）文化生产机制也参与对作家身份的认定，对作家成就的评价，从而把自身对文学创作的要求投射在作家的自我要求和创作过程之中。

（4）文化生产机制还参与对文学作品的推广传播，这不仅直接介入了对文学之意义系统的创造，也使作家在文学创作中必然纳入对传播方式、传播对象的考虑。例如，随着现代文化市场的形成，文化生产机制从传统的作者主导型转变为市场主导型，文学作品的传播范围也大大扩展，从而使影响创作过程的因素更为复杂，使创作主体的构成更为复杂。

总体而言，作为狭义作者的创作者个体与作为广义作者的文化生产机制，都是文学创作的主体，二者之间既存在一定的对抗性，又形成相互依赖、相互妥协的关系，因而创作主体既是个体性的，又是社会性的。

第二节　文学创作的影响因素

文学创作的双重属性，决定了文学创作是主体与客体相互作用的过程，既离不开作家个人的精神劳动，又是在具体的社会历史语境中发生的，同时，文学创作还依赖一定的文学传统。影响文学创作的因素纷繁复杂，一般可以从作者、社会和文学传统三方面进行考察。

一、文学创作与个人素质

文学创作是一种个体化的、创造性的特殊精神文化活动，它对作家个人素质有特别的要求。中外文学理论有大量相关论述，有的认为作家的艺术才能主要来自个人天赋，比如柏拉图的“灵感论”，康德的“天才论”，克罗齐、科林伍德的“直觉表现主义”，曹丕的“气之清浊有体，不可力强而致”，王国维的“主观之诗人不必多阅世”等。有的看重后天的阅历和艺术修养，我国古代有“诗穷而后工”的说法，西方从古希腊起就强调修辞、结构等技巧的重要性。还有看法认为，天才和后天的阅历、训练相结合，才能真正成就一个优秀的艺术家，这种看法更符合实际，也是古今中外的主流观点。古罗马的贺拉斯在《诗艺》中明确指出，“苦学而没有丰富的天才，有天才而没有训练，都归无用”，清代叶燮提出的“才、胆、识、力”说，都是第三种观点的代表。

具体而言，文学创作所需的艺术才能主要体现在两方面：一是，对生活经验具有高度的艺术敏感，二是，对审美形式具有高度的艺术敏感。

第一种素质，使作家比一般人更擅长把生活经验转化为艺术经验。任何文学创作都不是凭空产生的，不可能是“无米之炊”，它必然以一定的生活经验作为创作材料。但文学创作不是对生活经验进行历史还原或客观再现，而是把生活经验作为艺术体验的对象，经过作家主观的选择、提炼、加工之后，形成一种想象性的艺术经验。它凝聚着作家的感受和情绪，此时它还只是存在于作家的想象之中，但已经是一种创造物，相对于原有的生活经验，已经被赋予了新的意义。生活经验分为直接经验和间接经验。直接经验与文学创作的关系较为显性，不少文学作品都带有作家自身经历的影子；间接经验在文学创作中的呈现更为隐性，往往要通过作家对自己创作过程的解说，才能发现其痕迹。间接经验给作家带来了更多自由发挥的空间，也对作家的艺术才能有更高的要求。在大多数时候，作家对间接经验的接受是零散的，是不完整的，这需要作家对经验材料的意义进行创造，使原本互不相干的经验材料因为新的意义关联而成为一个有机整体。

在想象中把生活经验转化为艺术经验，只是完成了文学创作的一半，作家还需要第二种素质，即对于审美形式的艺术敏感。如果没有审美形式作为艺术经验的载体，艺术经验就只存在于作家的想象之中，只属于作家个人，不属于读者，不属于社会，也不能进入文学传统。能否为艺术经验创造出恰当的审美形式，是艺术作品成败的关键。

陆机在《文赋》中所讲的“恒患意于称物，言不逮意”，就涉及文学创作对两种素质的要求。如果对生活经验缺乏艺术敏感，作者或者对经验材料（物）视而不见，或者从经验材料（物）中感受、提取的意义显得牵强或平淡，缺乏艺术深度，这就是“意不称物”；如果对审美形式缺乏艺术敏感，则不能为作者对生活的艺术体验（意）找到恰当的载体，使艺术体验（意）在表达和传递的过程中发生扭曲或损耗，这就是“言不逮意”。这两方面素质的获得，既需要一定的艺术天赋，也需要后天的艺术修养。

在艺术才能之外，学识、思想、胸襟、阅历，有利于文学创作的重要个人素质。首先这些素质可以丰富作家的间接生活经验，扩大文学创作的素材基础。其次，这些素质可以开阔眼界，提升境界，使作家对生活经验的艺术体验更为丰富和深刻。最后，这些素质也有助于作家增强艺术形式方面的修养，如中国古典诗词中的用典就是从学识中发展出来的一种艺术形式。

综上所述，文学创作是有门槛的，在艺术和思想学识上具有必要的素质，是文学创作的前提。此外，其他一些个人因素，比如作家的人生经历、个性偏好，以及某些偶然的触发因素，都会对具体的文学创作产生一定影响。

二、文学创作与社会因素

文学创作虽然是个体精神劳动，但任何作家都生活在一定的社会关系网络之中，其创作过程也是在一定的社会环境中进行的，因而时代性、民族性、道德伦理观念、宗教思想、文化生产方式等多种社会性因素都会对文学创作产生影响。这些因素既是文学创作的重要素材，又制约着作家主观世界的形成。因此，作家对生活进行怎样的艺术体验，从经验材料中提炼怎样的主题，都会受到这些因素的影响或引导；另外，这些因素也影响作家对创作方式和艺术形式的运用。刘勰的“时运交移，质文代变”，就指出社会性因素对文学的精神内容和艺术形式两方面都会产生影响。

时代生活内容和时代精神风貌通常对文学创作产生重要影响，甚至构成一定时期文学作品共有的时代主题。18—19 世纪的法国，资产阶级作为一种新兴的社会力量，急欲改变原有的社会秩序，表现出蓬勃的生命力和不择手段的进取心，而封建贵族并不愿意主动放弃既得利益，不同势力、不同利益之间矛盾尖锐、对抗激烈，导致了大革命、拿破仑帝国的扩张、波旁王朝复辟等一系列的社会动荡。19 世纪法国文学成就达到一个历史高峰，与这一时期的文学家对时代的深切关注是分不开的。

民族性对文学创作的影响如同盐溶于水，无处不在，因此，文学也往往是一个民族的文化精神的重要表征，是民族文化的主要构成内容。民族性的生活内容是文学创作的直接经验材料，民族语言直接塑造了文学的面貌，民族性的价值观念和审美心理制约着文学的思想、情感、风格、形式，民族文化气质赋予文学独特的精神风貌和艺术魅力，民族命运也往往是文学创作的关注焦点，尤其是当一个民族面临某种危机或处于历史转折的时期。

道德伦理观念与文学创作之间的影响关系是双向的。文学创作关注人类生活，道德伦理是其中的重要内容，具体文学作品所体现的道德伦理观念，大体上与作家的道德伦理观念一致，不可避免地受到社会主流道德伦理秩序的影响；同时，文学作品的道德内容，也对社会价值观念产生影响，尤其因为文学诉诸感性，其艺术感染力往往使得文学作品的道德熏陶作用优于一般的道德宣传。在历史上，人们很早就注意到文学艺术的教化功能.常常据此对文学创作提出道德要求，比如儒家的“美教化，移风俗”，古希腊亚里士多德的“净化说”等。

社会性因素并非孤立地对文学创作产生影响，而是通过相互作用、相互牵制形成合力。泰纳提出的“时代、种族、环境”三元素说，法兰克福学派揭示的意识形态与文化市场的共谋，布尔迪厄提出的“文学场”等，这些理论都指出社会性因素对文学创作的影响是综合性的，并以此判断为基础建立了各自的理论解释框架。

三、文学创作与文学传统

文学与现实客观世界和作家主观世界都存在密切关系，同时，文学自身也构成一个相对独立的世界，这就是文学传统，包括作为实体存在的作家作品的集合，以及在精神层面上存在的关于文学感受、审美标准、形式规范的共识，这两个层面相互印证、彼此补充。文学传统是动态的，是一个人类文学实践的积累过程，对既有的文学创作进行筛选、评价，实施经典化，为未来的文学创作提供标准和范本。对于作家而言，文学传统是一个无法回避的既有存在，具体的文学创作也总会受到文学传统的影响。

这种影响首先体现为，人们通常是从一定的文学传统中获得关于文学的基本判断，比如，什么是文学，什么是好的文学作品，什么是作家，什么是语言技巧，什么是艺术虚构等。这些认识为作家步入创作提供了一个基本的规范，使强调感性、个性化、独创性的文学领域仍然要遵循一个相对稳定的创作标准，类似于T.S.艾略特所说的文学的“历史感”和“同时并存的秩序”。

其次，文学传统有助于作家提升艺术修养，积累创作经验。从意识上讲，作家在文学传统的熏陶中发展自身的艺术品位、审美能力、思想情操。从技巧上讲，作家需要从前人的经验中学习怎样处理经验材料，怎样运用艺术技巧。正如歌德所说：“各门艺术都有一种源流关系。每逢看到一位大师你总可以看出他汲取了前人的精华，就是这种精华培育出他的伟大。像拉斐尔那种人不是从土里冒出来的，而是植根于古代艺术，汲取了其中精华的。”绘画如此，文学创作同样如此。我们在作家对自己创作经历的回顾中，常常看到他们与文学传统的渊源。巴金说过：“我在法国学会了写小说，我忘记不了的老师是卢梭、雨果、左拉和罗曼·罗兰。”废名说过：“就表现的手法说，我分明地受了中国诗词的影响，我写小说同唐人写绝句一样，绝句二十个字，或二十八个字，成为一首诗，我的一篇小说，篇幅当然长得多，诗是用写绝句的方法写的，不肯浪费语言。……就《桥》与《莫须有先生传》说，英国的哈代、艾略特，尤其是莎士比亚，都是我的老师，西班牙的伟大小说《堂吉诃德》我也呼吸了它的空气。总括一句，我从外国文学学会了写小说，我爱好美丽的祖国的语言，这算是我的经验。”

再次，文学传统形成了一定的文学类型、文学母题，在不同时代、不同作家的创作中反复出现。文学类型，如西方的骑士小说、流浪汉小说、成长小说、公路小说等，中国的家族小说、神怪小说、历史演义等。文学母题，如西方文学中的神话母题、宗教母题，中国古典诗歌中的怀乡悼亡、伤春悲秋等。这些类型和母题，一方面因为它们反映人类生存中的某些常见境遇，或表达人类的某些深层愿望，或触及某些基本的心理状态，从而吸引文学创作不断以此为题进行演绎；另一方面，这些类型和母题的不断重现也与文学传统有关，或者是前人的作品赋予它们巨大的艺术魅力，形成文学传统中的经典形象，对后来的文学创作产生影响，或者是前人的作品有令人意犹未尽之处，也吸引后来者进行再创作。

最后，文学创作对传统不仅仅是被动地模仿和继承，而是不断融入新的创造，使文学传统不断丰富，甚至新的创作还会以有意颠覆传统的方式来突出自身的创造力。因此，文学传统不仅从正面影响文学创作，而且，作为一个力求突破的对象，也从反方向影响着作家的艺术探索。塞万提斯创作《堂吉诃德》，就是出于对流俗的骑士小说的不满。在文体的发展过程中，也常有这样的现象。王国维就曾经从突破传统、激活创造力的角度来解释中国古典诗词在文体格律上的演变。“四言敝而有《楚辞》，《楚辞》敝而有五言，五言敝而有七首，古诗敝而有律绝，律绝敝而有词。盖文体通行既久，染指遂多，自成习套。豪杰之士，亦难于其中自出新意，故遁而作他体，以白解脱，一切文体所以始盛终衰者，皆由于此。”俄国形式主义以“陌生化”作为文学发展的动力，美国文学理论家哈罗德·布鲁姆以摆脱“影响的焦虑”来解释诗人对传统、对前辈的修正和突破，也都是从颠覆与创新的意义上来看待文学传统对文学创作的影响。

作家的个人素质与人生阅历、民族性、时代性、政治环境、伦理观念等社会历史因素，以及文学传统，对于文学创作而言都是重要的影响因素，它们既给文学创作提供各种材料和资源，也给文学创作带来种种限制。因而，文学创作与各种影响因素之间构成复杂的矛盾关系，文学创作作为一种精神创造活动，既不能绝对摆脱各种客观的和主观的条件，又总是力求对个人的、社会的、传统的种种限制进行抵抗和超越。

第三节　文学创作的动态过程

在分析文学创作的双重属性和影响因素之后，下面将具体分析文学创作过程。创作过程是文学活动的主要环节之一，一般包括这样两个层次：一是在艺术体验中创造审美意义系统，即通常所说的艺术构思；二是为意义系统创造独特的艺术形式，即通常所说的艺术表达。在具体创作实践中，这两个层次可能是同时进行的，也有可能是分阶段完成的。

一、对世界与生活的艺术掌握

人类在面对自然世界和社会生活时能够对之进行艺术把握，这是一切艺术活动的前提。德国哲学家康德认为纯粹理性、实践理性、判断力先天地存在于人类的主体精神结构，因此，在精神活动中相应地形成了科学、伦理、艺术三大领域。马克思在《1844年经济学—哲学手稿》和《〈政治经济学批判〉导言》等著作中进一步指出：人类掌握世界具有四种基本方式：理论的方式、艺术的方式、宗教的方式、实践精神的方式。艺术掌握的方式，意味着人类能够把主体内在的尺度运用到对象身上，能够按照美的规律来进行创造。可见，人类在认识和体验世界的过程中，不仅有能力发现其中的自然规律，对世界进行改造，使之符合人类生存的实际需要，有能力建立一定的道德伦理秩序以调节各种社会关系，也对世界进行神学的解释使之符合信仰的需要，还能超越于物质的、道德的、科学的、宗教的各种功利之外，专门关注事物的外观和形式，从中获得审美快感。于是，经过艺术掌握而重新呈现于人们心目中的世界，具有独特的形象和意义。“山石荦确行径微，黄昏到寺蝙蝠飞。升堂坐阶新雨足，芭蕉叶大支子肥”（韩愈《山石》），在眼目所及的景物中，率先吸引诗人的是嶙峋的山石，诗人对它的兴趣不在于要了解它的矿物质构成或地质年代，不在于要用它来铺路筑桥，而是因为它坚硬的质地，奇特的形状，厚重的色泽，或者是它与周围环境的关系，触发了主体的某种感性体验，似乎在一刹那间向人昭示出心灵与世界之间的某种潜在关联。这种体验就是人对世界的艺术掌握。又譬如一段人生经历，如果人们感兴趣的不是从中获得某种道德教训或生活常识，不是对之进行社会学考察，也不是以之印证某种宗教理念，而是从中感受人物的鲜活个性，理解其中的人性与心理，想象其中的情绪体验和人生境遇，并由此触动、补充、发挥自身的人生体验和价值思考。这也是人对世界的艺术掌握。

一般人在对世界与生活的精神把握中，都会产生一些艺术体验，但这种艺术掌握大多是无意识的，不自觉的，一般不会进一步发展为艺术创作。比如看见美丽的自然景物，一般人都会产生审美愉悦，但未必会就此写诗作画。艺术家则不同，他们能够意识到自己对外物的某种感受是艺术体验，甚至有意识地为平凡的风景赋予不同寻常的美感，有意识地从普通生活场景中挖掘能够反映社会生活本质，能够触及人们灵魂深处的意义，化腐朽为神奇。朱自清眼中的清华园荷塘，托尔斯泰眼中的牛蒡花，与一般人所见大相径庭。一个普通的由婚外恋引发的悲剧，在福楼拜心目中，可以成为贵族式教育、平庸的生活和道德，以及人性虚荣的社会现实的整体批判，于是有了《包法利夫人》。路途遇雨，在人们的日常生活中司空见惯，苏轼却由此悟出“回首向来萧瑟处，归去，也无风雨也无晴”（《定风波》）的人生境界。英国诗人济慈无意间听到夜莺鸣叫，便为那一只飞鸟、一声天籁创造出穿越亘古时空、穿越生死流转的永生的象征意义(《夜莺颂》)。艺术家对这种超乎常人的敏感的审美感受，往往都有切身体验和自觉认识。雕塑家罗丹曾说：“所谓大师，就是这样的人，他们用自己的眼睛去看别人见过的东西，在别人司空见惯的东西上能够发现出美来。”福楼拜在对莫泊桑谈创作时也强调：“对你所要表现的东西，要长时间很注意去观察它，以便能发现别人没有发现过和没有写过的特点……最细微的事物里也会有一点点未被认识的东西，让我们去发掘它。为了要描写一堆篝火和平原上的一株树木，我们要面对着这堆火和这株树，一直到我们发现了它们和其他的树其他的火不相同的特点的时候。”艺术家甚至能从墙上的污迹中看出风景，钱钟书就曾举出这种中外皆有的例子，中国的例子出自《梦溪笔谈》：“汝先当求一败墙，张绢素讫，倚之败墙之上，朝夕观之。观之既久，隔素见败墙之上，高平曲折，皆成山水之象。心存目想”；西方的例子则出自达·芬奇《笔记》：“达文齐亦云，作何时构思造境，可面对败墙痕斑驳或石色错杂，目注心营，则人物风景仿佛纷呈。”

所以，日常生活中人们对世界的一般性审美体验，与文学创作过程中作家对世界的艺术掌握，虽然具有关联性和相似性，但并不能完全等同。后者是一种综合了长期生活积累、艺术积累和敏锐的艺术天赋而产生的精神活动，也是一种综合了知觉、想象、情感、理性的精神活动，能够从个别的、特殊的物象中意识到它作为类的存在，在偶然的境遇中体悟到人类普遍的命运，能够为眼前的物象创造出新的形象，赋予新的意义，比一般性审美体验更具概括性、创造性。这种创造性的构思，最初往往是作家因外物触发而产生的无意识活动，但它的完善成形，却离不开作家对既有积累进行有意识的筛选、增删、改造、整合。

二、以形式为载体的艺术加工

在艺术家对世界的审美把握中，世界已经不再是原来的状态，而是呈现出新的形象和意义，但它们可能还只是存在于艺术家的主观意识之中，如果要记录、描绘、传递这些形象和意义，就需要为之创造审美形式，艺术作品总是以具体的语言文字、线条、形体、色彩、音符、旋律等实体形式而存在的。

在有些时候，艺术形象和审美形式是同时获得的。例如，在某些诗歌创作中，生成意义系统的不是那些已经被抒发了无数遍的思想情感，而是对意象的捕获和音韵格律的呈现。梁宗岱甚至这样解说象征主义的“纯诗”：“所谓纯诗，便是摒除一切的客观的写景、叙事、说理以至感伤的情调，而纯粹凭借那构成它的形体的元素——音韵和色彩——产生一种符咒似的暗示力，以唤起我们感官与想象的感应，而超度我们的灵魂到一种神游物表的光明极乐的境域。”一些小说作家有意识地运用独特的叙事形式来构造意义系统，如伍尔夫《达罗卫夫人》《到灯塔去》，博尔赫斯《交叉小径的花园》，帕穆克《我的名字叫红》等，在这些例子中，艺术形式本身就意味着作家心目中的形象和意义。除文学之外，在其他艺术门类中也存在此种情况，如中国的书法艺术和写意画，其艺术形象与意义系统就是随审美形式而出现的。

当然，在大多数创作过程中，作家是首先在对世界和生活的审美把握中逐渐构想出凝聚着意义的艺术形象，经历了艺术情绪的激荡，随之产生艺术表达的欲望，然后进入创造艺术形式的阶段。“我们自身灵里以及周遭空气里多的是要求投胎的思想的灵魂。我们的责任是替它们构造恰当的躯壳，这就是诗文与各种美术的新格式与新音节的分析。”不仅艺术构思可能经历一个长期过程，比如雨果最初了解到农民皮埃尔·莫兰的遭遇，触发创作动机，到他正式开始写作《悲惨世界》，中间已有近 20 年的时间，而这部作品又历时 14 年才最终完成。艺术形式的创造成型，也可能是一个长期的、反复的过程，曹雪芹写《红楼梦》就曾“批阅十载，增删五次”，推敲不已的诗人贾岛更曾感慨“二句三年得，一吟双泪流”（《题诗后》）。

创作过程中之所以存在这样的困难，固然可以从作家的艺术才能找原因，但更为本质的原因在于，艺术形式对于形象和意义的表达总会具有这样那样的局限性。郑板桥从自己的绘画创作经验中，体会到“眼中之竹”“胸中之竹”“笔下之竹”三者的不相吻合，形象地说明了艺术家头脑中的艺术形象不是实物的再现，而是以经验材料为基础的创造物；而艺术形式又具有一定的独立性，它本身要生成意义，并非只是作为媒介或容器负载先在于作家头脑中的形象与意义。从消极角度看，这意味着任何艺术形式都难以完美地呈现出艺术家希望表达的形象内容和意义系统，以有形的线条、色彩、形状为载体的绘画尚且如此，以更为抽象的语言符号为载体的文学就更是如此。中国古人很早就注意到“言不尽意”的现象，陆机讲过“文不逮意”（《文赋》），刘勰讲过“意翻空而易奇，言征实而难巧”（《文心雕龙·神思》），苏轼讲过“能使是物了然于心者，盖千万人而不一遇也，而况能使了然于口与手者乎？”（《答谢民师书》）然而，对于文学创作而言，“言不尽意”也可能产生积极的影响：一是有助于发挥艺术形式的独立审美意义，使人们充分感受音韵格律词藻结构之美；二是使艺术形式的创造同时也成为意义系统的再创造，作家对存在于头脑中的艺术体验的表达，就不仅仅是为之寻找一个载体、一个形式，而是对于形象和意义的再次打造。所以，当作品真正成形以后，所生成的艺术形象和意义系统可能与作家最初的设想有所差别。所以，中国古人意识到“言不尽意”之后，并不是被动接受这种局限，而是化被动为主动，一方面把诗歌、文章的形式之美发挥到淋漓尽致的地步，融整齐对称与错落有致为一体，集回环呼应与摇曳多姿为一身；一方面有意识地追求“言已尽而意无穷”的表达效果，形成了含蓄隽永、意味深长的民族审美风格。西方艺术家在意识到艺术形式的局限性之后，也开始突破再现论传统“艺术模仿现实”的观念，突破表现论传统“艺术表现心灵”的观念，不再把艺术形式视为表达工具，而强调艺术形式本身所能创造出的审美意蕴，在理论上提出“形式的陌生化”、语言的“诗功能”、“有意味的形式”、“文本的召唤结构”等新见，在创作实践上发展出各种新颖的语言风格、叙事技巧和结构形式，使20世纪的文学创作继19世纪现实主义、浪漫主义达到高峰之后，得以凭借现代主义而走向新的艺术高峰。

就文学创作过程而言，以形式为载体进行艺术加工是一个必经阶段，是文学创作的最终完成，是作家艺术体验、艺术才能的实体化，也是作家艺术个性的体现。对艺术形式的加工一般遵循审美性、创造性、个性化的原则，但这个阶段不仅仅是对艺术形式的打磨，更是对意义的重新提炼，对形象的重新锻造。在一个完整的创造过程中，艺术形象的生成与艺术形式的实现，虽然从理论上讲是两个层次，但在艺术实践中是很难被截然分开的。

三、创作过程中的灵感现象

在文学创作的两个层次中，都有可能出现灵感现象。灵感是一种特殊的精神状态，在这种状态中，艺术感知特别敏捷活跃，创作主体能于一刹那不由自主地捕获到平时经过艰苦构思也难以得到的艺术形象与审美意蕴，能够“下笔千言倚马可待”地写就平时经过千锤百炼也难以拥有的清词丽句。许多作家都曾经谈到对灵感状态的切身体会，陆机说：“若夫应感之会，通塞之纪。来不可遏，去不可止……虽兹物之在我，非余力之所教。故时抚空怀而自惋，吾未识夫开塞之所由。”皎然说：“有时意静神王，佳句纵横，若不可遏，宛若神助。”汤显祖说：“自然灵气，恍惚而来，不思而至，怪怪奇奇，莫名其状。”歌德说：“事先毫无印象或预感，诗意突如其来，我感到一种压力，仿佛非马上把它写出来不可。这种压力就像一种本能的梦境的冲动。在这种梦行症的状态中，我往往面前斜放着一张稿纸而没有注意到，等我注意到时，上面已写满了字，没有空白可以再写什么了。”

灵感的产生，是主体所不能控制的，具有偶发性。历来对于灵感现象的解释，有的具有神秘主义色彩，如柏拉图就把灵感视为受到神灵禀赋而产生的一种迷狂状态；有的则从心理甚至生理刺激中寻求解答，如李白、王勃借助饮酒，伏尔泰、巴尔扎克借助咖啡，卢梭需要让阳光晒着脑袋，弥尔顿依赖特定的季节，席勒认为烂苹果的味道刺激灵感，马克·吐温觉得躺在床上构思灵感才会降临……尽管灵感的确具有偶然性、个体性，稍纵即逝，但并非全然不可捉摸，它实际上是生活阅历、审美经验的丰富积累，长期创作实践的训练，再加上偶然因素触发而造成的思维瞬间活跃状态。正类似于王国维所说的“三境界”，最高境界的达成需要前两个境界的准备和铺垫，如果没有“独上高楼，望断天涯路”的艺术志向，没有长期冥思苦想，“为伊消得人憔悴”的执着，也不可能达到“蓦然回首”，灵感乍现，得来全不费功夫的境界。

第五章　文学接受理论

在汉语中，“接受”一词的基本意思是“对事物容纳而不拒绝”。因此，所谓“文学接受”应当是指对一切文学作品的接纳，也即阅读活动。它包括审美的阅读，即人们通常所说的文学欣赏，也包括非审美的（即不以审美为目的或不能达到审美水准的）阅读活动。文学批评作为一种指导广大读者如何去接受文学作品的活动，必须以批评主体自身的阅读欣赏为基础和前提，因此，它也应纳入文学接受的范畴，被看成是一种侧重于理性分析和把握的、具有指导性意义的阅读层次。

文学接受是一种异常复杂的精神活动，很早就有人对它进行思考和研究。在先秦儒家看来，诗和乐不仅反映了国家的伦理政治状况，而且也都是实现百姓教化的工具。在中国较早谈到文学接受问题的是孟子，他所说的“以意逆志”和“知人论世”从原则和方法上为文学接受奠定了儒学的基调，强调在心灵普遍性基础上的完全理解，以及通过文本所达到的理解的跨时空性。孟子所暗示的人的心灵普遍性是一个实践概念，从最抽象的“四端之心”，到成熟的公共形式的“志”，是在阅读、理解、实践他人的文本和思想过程中，不断展开潜在的本性之善的过程。但与现代西方的生存论诠释学不同，孟子并没有要发展个体特殊性的意愿，因此也不能容忍对原文本的“误读”，对先秦儒家来说，能否听懂诗志乐声，是与接受者心灵或道德修养层次有密切关系的。而庄子的道家思想除了强调要超越形式之外，也都认为接受者的精神能力与所接受的文本密切相关。

其后中国的文学接受理论都是在这个基调上展开，只不过因为不同时代的思想方法不同而有不同的重点。总体来说有两种：一是偏重公共性的理情，二是偏重个体性的兴会。刘勰面对东汉之后儒学礼义衰败、形式之风大盛的时代弊端，力图重塑儒家之文的深刻内涵，在《文心雕龙·知音》中，他提出的阅文先标“六观”，虽然在逻辑上受到汉代家数思维的影响，但也不失为一种系统的总结。从位体、置辞，到通变、奇正、事义、宫商，刘勰试图将对立的形式与道义统和在一起，共同作为文学批评的标准。

偏重个体性的方法是在个体心灵觉醒之后，尤其是受到佛教影响，在唐代以后发展起来的。它强调读者心灵的主动性，但在接受目的上仍然是以共同达到大道或精神的最高境界为最终旨归。

在古希腊时期，读者也是处于被教化的地位的。在亚里士多德的《诗学》中，“卡塔西斯”作为悲剧在观众中产生的效果，具有净化和澄清的含义，即通过观众的思考，对其心灵产生指引。虽然读者在此经历了阐释的过程，不过仍然没有其个体的特殊性，卡塔西斯最终是将人的心灵引导向一种普遍的道德标准。直到启蒙主义之后，主体的特殊个性才得到重视，如英国批评家燕卜逊在他的《朦胧的七种类型》中不仅自己对诗人的意图进行了弗洛伊德式的随意解读，而且认为诗歌意义的含混性就在于文本本身的多样性，以及读者对这些多样性的不同把握。

但正面强调读者的作用并且形成系统理论的是 20 世纪 60 年代兴起于德国的接受美学。作为创始人之一的姚斯，最初试图解决的是文学史的问题，在流行的形式主义文学理论下，文学史是文学形式自身发展的历史，相对封闭；而马克思主义的文学理论则由于过多强调文学的外部因素而忽略了审美的特殊规律。姚斯认为，通过引入读者的视角，可以将审美和历史贯通起来，让“文学史按此方法从形成一种连续性的作品与读者间对话的视野去观察，那么，文学史研究的美学方面与历史方面的对立便可不断地得以调节”。

另一位接受美学的代表人物是伊瑟尔，在他看来，姚斯的接受美学希望重建读者的“期待视野”，以确定特定历史时期的读者品位，而他自己的接受理论是一种审美反应理论，“集中探讨文学作品如何对隐含的读者产生影响，并引发他们的反应。审美反应理论根植于文本之中，而接受美学则产生于读者对作品的判断史。因而，前者本质上是系统化的，而后者从根本上说是历史性的，这两个相互关联的部分构成了接受理论”。虽然接受美学在一定程度上与产生于德国的诠释学无法分开，但按照伊瑟尔的说法，接受美学并非是一种依赖某种哲学的理论，而更多的是针对时代的矛盾冲突产生的。不过应该看到，20 世纪后半期出现的利柯所谓“解释的冲突”并非偶然，这些根植于不同哲学、宗教观念等基础上的解释，正是读者自我个体意识觉醒并诉诸普遍性的社会表征。

如果说接受美学仍然是一种以审美为目的的批评活动，那么马克思对文学的看法则完全超越了文学和审美，他放弃了文学写作和阅读的个人视角，将它们放置在作为整体的社会活动中来看，即生产和消费的视角。应该说，社会作为一个整体是发展个人个体性的前提，马克思所敏锐把握的正是这样的时代倾向。社会中的任何一个主体都不是孤立和封闭的，他们应该是开放和交流的，而遵循何种法则进行精神、艺术交流则是马克思主义的“艺术生产”理论所关心的核心。实际上，马克思已经看到，文学接受不应该是孤独地阐释自己（不论是作者还是读者）的立场，而是社会性的交流实践，最终达到人的全面解放。生产和消费是组成社会经济关系的两极，马克思关于生产和消费辩证关系的论述，为我们从社会作为一个整体来看待文学的写作与接受活动提供了基本指导，不仅让文学更多地以一种实践的形态存在，而且也为解决“解释的冲突”提供了思路。

20 世纪以来，随着生产力的快速提升，西方资本主义社会不论在思想上还是社会构成方面，都发生了翻天覆地的变化，文学活动日益沿着生产和消费的社会化两极展开，不仅如此，处于生产和消费中间环节的传播，其重要地位和作用也逐步凸显出来。这些对于传统的以审美为主要目的的文学理论来说，是一个全新的挑战：在面临文学生产、文学传播、文学消费、文学市场等一系列文学现象冲击下，如何描述新的文学观念、文学内部构成机制、作家的地位、文学的社会功能等，都应该带有新的社会学和哲学的视角。

现代图书出版业的快速崛起为文学市场提供了物质基础，同时也改变了传统的写作与阅读方式，将作家与读者用一种更短期、更紧密的方式结合在一起。在题材和体裁上不断推陈出新，文学不仅在内容上与写实的新闻、历史、神话、宗教、科学等交融在一起，而且还创造了诸如非虚构小说、架空小说等新的文学形式，读者的接受目的也从单一的审美演变为多元性、多层次的阅读诉求，其中休闲娱乐、社交、科学或历史知识、神话幻想等和审美交织混杂在一起，成为现代读者的主要追求。

文学市场的诞生意味着文学在现实形态上成了一种商品，文学接受因而变成了文学消费，其社会属性日益突出。文学消费、文化消费逐渐成为人们日常生活不可缺少的组成部分。文学也不再是一种纯净的、与世无染的精神活动，它所体现的是各种群体、利益集团，以及不同个体之间的社会性的矛盾与冲突。对文学消费现象的深入研究与辨识，不仅有助于我们了解文学在新时代下的社会功能，而且也为我们以什么样的方式、接受什么样的文学，提供了参考。

第一节 文学的审美接受

文学的审美接受又称文学欣赏，是以审美为目的的文学阅读。“审美”这个词本身即含有运用观赏者本身主体能动性的意味，不过如前所述，对这一欣赏过程的系统研究是以接受美学展开的。

汉斯·罗伯特·姚斯认为，决定文学历史性的不是一堆被认定为神圣的文学材料，而是读者对于作品接受的动态过程与结果。他几经反复，最终选择了一个已被使用过的观念——期待视野或期待地平线——用来表达读者在阅读与接受过程中的开始状态。在姚斯看来，期待视野是一定历史时期下，读者自身审美理想、审美趣味等在阅读接受过程中的能动体现，每一个读者都带着自己的期待视野来参与阅读，而这个视野又带有时代与社会环境烙印。期待视野与作品中所体现的审美倾向的差异，决定了作品被接受的程度与方式，那些与社会中绝大多数人审美期待视野差异小甚至无差异的，属于通俗作品。而一些带来新的审美感知与审美观念的作品，即作家与读者间审美距离大的作品，则挑战甚至颠覆了许多读者的期待视野。不过由于期待视野不是一成不变，随着读者被作品的审美观念改变，他们的期待视野得到了提升。文学也因此完成了其社会功能。

此外，作家在创作时，也会不自觉地受到读者期待视野的影响甚至引导，这意味着作家从来都不是在社会和历史之外写作。姚斯进一步说，作家在文学接受所形成的文学史潮流中甚至是被动的，“易言之，后继作品能够解决前一作品遗留下来的形式的和道德的问题，并且再提出新问题”。这样，通过期待视野的动态历史演进，姚斯将形式化的审美规律发展与社会历史结合在了一起。

如果说姚斯关注的是读者对文本作出的审美反应的话，那么另一位接受美学的重要人物沃尔夫冈·伊瑟尔则关注的是文本：一个文本能使读者作出什么样的反应。伊瑟尔将现象学的方法用人到文学阅读过程中来，他把文学阅读分为作品结构与接受者两极，认为文学文本的具体化过程便是二者的相互作用，在这个过程中，作者本义的一极是艺术，读者的一极是审美，最终生成的文学文本并不存在于两个极的任何一个，而是二者之间的相互作用。

可以看出，尽管姚斯试图走出诠释学的人文主义立场，但接受美学对读者的设定仍然是启蒙式的，他们都认为读者作为一个孤独个体，可以凭借其自身的理性能力与审美能力，单纯地在阅读过程中不断发现客观世界、反省自我，甚至提升自我。实际上，读者通过阅读能够获得的只有知识、观念和世界图式之类的想象，而无法改变其自身的主体局限性。在缺乏真实社会实践与社会交往的环境中，读者只能强化其审美立场，并将他人的审美经验转化甚至扭曲成自己的审美反应。

实际上，读者反应批评是一场松散的思潮，内部并没有统一的理论和主张，其中可以大致分为三个主要方向：以伊瑟尔与斯坦利·费什为代表的“读者反应批评”，强调现象学的理论基础；以乔治·普莱为代表的“意识批评”，偏重读者对作者意识的重塑以及对自我意识方式的反思以及以N.霍兰德为代表的“布法罗批评学派”，是以精神分析、主体投射等为其理论方法的。

强调读者立场的文学审美接受理论，在其后产生了深远影响，我国当代的文学理论也认为文学不仅仅是作者创造出来的文本，也是一个集创作活动、文本以及读者接受为一体的综合体，只有被读者接受了的文学才是完整意义上的文学。

第二节　文学生产与文学消费

文学生产的观念是伴随着社会化大生产的日益扩大化而出现的，马克思论述生产与消费辩证关系的理论在很长的时期内，为我们理解 19 世纪末 20 世纪以来的文学变化提供了新的思路。

马克思认为在理想的社会生产活动中，生产与消费是一对直接互相作用的因素，它们不仅直接就是对方，而且也经由各种中间环节互相决定、互相生产着。然而当商品社会出现后，生产与消费之间增加了流通环节，生产和消费的物品因此也不能再作为特殊的、具有使用价值的物品而存在了，相应地，它们以一种抽象物的状态存在，即商品。随着资本主义社会化大生产的扩张，流通和分配环节日益演变成一个起决定作用的环节，成为生产和消费的主导者。正如马克思所觉察到的，作家不再为自己和读者写作，他们更多地为书商写作；他们不再关注自己作品的特殊含义，取而代之的是对金钱价值的追求，即抽象的普遍价值的追求。

文学成为一种“艺术生产”形式是文学在自己漫长的发展过程中所发生的一次意义

最为深刻的变化，是文学的现代性转型。

文学成为一种“艺术生产”形式是以现代图书出版业的出现为标志和前提的，而严格意义上的现代图书出版业，即以活字印刷为基本手段，在短时间内大盘复制和迅速发行传递书籍，产生广泛而巨大的社会影响，这样一种性质的社会生产部类或行当的产生却为时甚晚。据美国出版史研究的权威德索尔考证，在西欧，它的正式创始应当是在18世纪启蒙运动的大百科全书编著时代，而成熟则是在19世纪以后，在中国，现代图书出版业的出现和趋于繁荣更晚一些，是19世纪末20世纪初的事情。

文学成为一种“艺术生产”形式，即文学生产，给文学的接受带来了巨大而深刻的影响。

首先，是文学的空前大普及，使文学成为人们的闲暇生活方式的重要组成部分，精神生活的重要内容，文学的社会功能从来没有像今天这样得到广泛、深入的发挥。

其次，是文学接受由传统的审美中心、审美至上向精神需求的多元化、多层次的转变，文学越来越成为一本大书，每个人都可以从中找到适合于自己的那一页。

最后，则是文学接受需求的变化，使得文学的观念泛化，出现了文学与历史、文献、科学、新闻、教育等相融合的现象，通俗文学、文献小说、新闻小说、全景文学等新的文学样式、品种如雨后春笋，层出不穷。而文学观念的这些变化和实践，反过来又强化和深化了文学接受的需求的变化，形成一种良性循环、提升的机制，成为推动文学发展变化的深刻而强大的内部动力，这已越来越成为我们观察文学的重要的、不可或缺的视角。

但是，文学成为艺术生产的同时也受控于资本的操作之下，造成人的深度异化。西方马克思主义的法兰克福学派就对此进行了大量的研究和批判，代表人物是霍克海默、阿多诺、马尔库塞等。

消费社会的符号价值特征深刻影响了文学的接受，人们购买文学作品不再单纯是为了阅读。阅读的目的也不再单一地限制在审美上，社交、娱乐、时尚甚至打发时间，都可以成为阅读的理由。此外，文学也以一种从未有过的广度在大众之中普及开来，阅读成了人们生活中一个重要的组成部分。文学也从以前那种消极的生产产品，变成了生产甚至社会的引导者，作品中虚构出的甚至是设计出来的场景、观念、人际关系、风尚等，成为人们竞相模仿的对象，虚构与现实通过符号价值系统融合在一起。法国学者鲍德里亚对消费社会的批判是深刻而悲观的，他运用符号学理论改造了马克思的政治经济学，指出消费社会对文化的根本来源，即人的感性生活的架空的危险。鲍德里亚的这种观点与法兰克福学派的批判都是站在启蒙立场上对文学消费现象的审视。

我们看到，诚如启蒙批判者们所言，文学消费产生于资本的同质化运程；与此同时，通过消费，文学也给人们带来了新的生活体验，随着互联网的发展，这种体验越来越多地呈现出交往性、非封闭性、主动性的特点，文学的形式也越来越多样化，每个人都可以参与写作中，写作的篇幅越来越短小、越来越需要他人的关注，等等。

第三节　文学传播

和读者接受活动一样，传播在文学中的独立作用也是到了 20 世纪才显现出来的。在文字发明以前，很多民族的文学都是以口头形式传承的，为此人们发明了音韵来方便记忆。即使是在文字发明之后，由于书写器具的稀少和不便，书写出来的文章也相对简练、抽象。

实际上，直到印刷术，尤其是活字印刷术发明前后，文学都是以口头传播和手抄书写为主。在口头传播的过程中，每一个接受者都可能成为下一个文学作品的讲述者，也不可避免地在讲述的时候带上自己的色彩甚至发挥创造。他们所注重的传播效果是听众的兴趣，而非对最初作者原意的还原。在柏拉图的《伊安篇》中，伊安作为讲述荷马史诗最出色的年轻人，能够比其他人讲得好，也说明了在口头传播过程中，讲述者有着自己的发挥空间。即使是有了文字之后的手抄文学，也会在传抄过程中出现抄写者对原文字句的改动，这些改动往往是由于字迹不清，传抄者加上自己理解之后的产物。

西方现代印刷术发明以来，在 19 世纪与机器工业结合，大大提升了印刷的质量，使文学传播向大众传播转变，将作者、传播者与读者分别置于社会化大分工的不同环节，各自独立，同时又密切关联。印刷媒介的出现，杜绝了文字的变动，使得作者的权威大幅度提高。同时，读者也不再是少数能够接触到作品和作者的人，他们数量众多，互相不认识，却能通过印刷的作品及时接触到作者的文学思想，这使得一位作家、一部作品能够在短时期内影响社会上大多数受众得以可能，也正因为如此，文学才发挥了前所未有的集体性的社会功能。在这样的印刷媒介的影响下，作者的思想向着社会和人生的两个维度深入展开，文学的审美性达到了一个新的人类全体的高度，作者也变身为最高的权威者与审判者。这种倾向在法国浪漫主义、现实主义小说里尤其明显。

然而，如前所述，随着社会经济一体化的要求，文学生产的一极不再具有权威性，相应地，文学传播在协调文学生产与文学消费中扮演着日趋重要的角色：一方面不断加速为读者提供他们所无法想象到的新需求，一方面也将读者的需求和时尚的要求反馈到作者那里，形成新型的文学市场。此时，作者的权威性不仅受到了来自文学市场的挑战，也受到了作者自身的质疑，即作为主体的作者的有限性。

本雅明是一位试图描绘时代转变的思想家，在他的思考和观察中，口头传播的讲故事、印刷媒介时代的小说，以及当代的新闻，有着非常不同的表达形式，也因此有着完全不同的接受内容和接受效果。在他看来，讲故事传播的是个人经验，对接受者来说，需要的不是思考和结论，而是对故事内容的感受，这是一种代代传承的对世界和生活的经验。小说作为单个个体对世界整体深入体察和思考的结果，它本身就是深广的，它并不需要读者接受它的结论，而是启发读者自身对世界的思考。新闻作为一种现代信息交流的产物，已经远远超出了其具体的行业模式，体现出了现代交流形式的基本特征，即关注周围的生活，并对一切所发生的现象提供解释。新闻所呈现出的碎片化陈述与体系化解释的矛盾性，与观念化文学、体验文学、类型化文学等，存在着深层的一致性。它们都假定读者具有独立的人格和思想能力，并为读者提供相应的生活片段与现象，虽然这些现象已经被作者以自己的方式解读过了。因此，通过信息的方式，文学呈现出的是一种复杂的、以个体为单位的社会化交流。

近年来，随着新型媒介互联网的普及，文学的传播模式继续向社会交往转变，一些新的创作形式也应运而生，模糊了作者与读者的界限。互联网作为传播媒介，其链接、搜索等功能，为文学阅读提供了极大的便捷。同时其高速更新的速度也给作者的写作造成了巨大的压力，一位单独的作者往往很难在短时期内完成大量的文字写作，即使能够完成也难以长期维持下去，由此造成了作品质量低下、文字粗糙的现象。面对这种市场的需求，文学创作出现了团队写作、作者微博化的趋势，甚至为了保持与受众读者的频繁联系，作者走出文学参与了社会文化生产的其他门类。

在新的文学传播方式之下，文学所扮演的社会角色不再是宣传而是交流，无论是作者还是读者，都不再只关注自身，他们在写作和阅读之前就关注着对方，并通过对方关注着整个社会。可以说，读者通过互联网，能够随时关注到世界范围内文学的新变动，跟踪一个甚至一类作家的思想进展，让读者从原来对单一作者的审美迷恋中解放出来，真正感知到世界的文学。

第六章　文学阐释理论

文学阐释是对文学现象的分析与评价，是对文学意义的揭示。它既有对审美经验的分析，又有理性的认识和提升。在文学研究中，文学阐释是不可缺少的，它既能够发掘作品的意义和价值，又能够引导文学创作和读者欣赏，同时文学作品通过阐释不断释放其人文价值，从而促进社会文化的进步。

在 20 世纪以前，文学阐释就已经存在，中国的《诗大序》《文心雕龙》《诗品》《沧浪诗话》等著作，西方的亚里士多德的《诗学》、贺拉斯的《诗艺》、郎吉努斯的《论崇高》、黑格尔的《美学》等著作，皆是文学阐释的经典之作。但是，这些著作在古代比较少，还没有具备系统的文学理论和文学批评的学科形态。在传统社会中，文学现象总是与社会共同体有机统一的，人们不需要批评家和理论家的阐释。随着现代学科意识的出现，哲学、美学、伦理学、社会学等学科开始出现，文艺创作领域也开始走向成熟，文学的自律性意识开始成为一项深思熟虑的工程。随着文艺创作自律性意识的发展，文学开始脱离现代日常生活而形成一块“飞地”，作品越来越抽象、深邃、个体化，人们难以理解。人们渴求对文学作品的意义、价值、合理性进行说明，文学阐释成为必然。

在 20 世纪以前，文学阐释虽然获得了发展，但作家的创作和作品的声名远远高于文学批评家与理论家，因此文学理论和批评仍旧没有获得独立的学科意识，要么成为哲学、美学的附庸，要么就只是文学作品的附庸。20 世纪以后，这种局面发生了巨大变化。文学理论和批评风起云涌，争奇斗艳，获得了长足的发展，逐步形成了自律性的学科。它们获得了独立存在的资格，在各大学和研究机构有大批专门阐释文学作品、探讨文学理论的相对稳定的学者群体，有不少文学理论和批评的学术阵地，有规范的培养文学理论专业学生的学位制度，尤其是出现了众多有意识阐释文学作品的流派和主张。文学理论与批评的自律性的发展，促进了文学理论与批评学科的迅猛发展，涌现了许多很有价值的著述，甚至达到了与文学创作并驾齐驱的地步。同时，学科自律的形成也导致了文学理论、文学批评与文学创作活动脱节的现象，双方似乎各自沿着自己的道路前进，难以找到共同语言。这是文学阐释自律性发展所付出的代价。

文学阐释是对文学作品的批评性分析，它与文学理论息息相关。文学理论建立在具体的文学作品、对文学活动的批评基础之上，并反过来为文学批评提供理论资源。它是文学批评的新突破、对文学的新分析和理解的关键因素，也有助于检验文学批评的合法性与价值有效性。文学批评往往立足于一定的理论基础之上，如刘勰的文学阐释与《周易》的关联，朱熹的诗经批判与其理学思想的关联，李泽厚的文艺阐释与其哲学美学的关联。西方更为昭然，如现象学文学批评立足于胡塞尔的现象学哲学以及现象学美学的基础之上。文学阐释的理论性也是有意识地推进的，如英美新批评是一种分析文学作品的方法，但它却超越了纯粹的文学分析方法，形成了自身的理论形态，有着自身的概念和术语、规范模式与操作策略。德里达的解构主义文学批评超越了纯粹的文学批评而不断向哲学、美学理论延伸。许多文学批评事实上就是其文学理论的实践。由于文学批评与文学理论彼此交织、相互渗透，20 世纪的文学阐释显得复杂、抽象，并且不断从语言学、社会学、人类学、心理学等学科中挪用概念和术语，所阐释的文本具有多方面意义，而不像以往的文学阐释那样单纯、明白、易懂。

随着文学理论和批评的自律性学科意识的形成，文学阐释的方法或模式逐渐走向多元化，新的文学阐释陆续出现，进而很快发展为相反模式，这构成了 20 世纪以来文学阐释的复杂局面。面对文学现象的事实，不同的理论家得出了关于文学本质的不同认知，对文学本质的认知又进一步影响到看待具体文学现象的不同方式。因此，在 20 世纪的文学阐释中，作家、文本、读者、世界不仅成为思考文学本质的视点，而且也成了文学阐释的不同视点，从而形成不同的阐释模式。具体地说，有侧重于作家与传统关系的象征主义批评、精神分析心理学批评；有侧重于语言、文本、形式、结构的形式主义批评、新批评、结构主义批评；有侧重于读者的读者反映批评、阐释学批评、接受美学的文学批评等。即使从同一视点来阐释文学作品，也有各种不同的批评方法。譬如，对作家的批评有采用传记式批评的，有采用创作心理学批评的，也有采用世界观批评的。尤其是在当代的文学阐释中，随着人们对传统的文学阐释模式的质疑，一些新方法不断涌现。各种阐释方法不仅形成了一系列的理论，有着自身的阐释符码与关键词语，而且对具体文学作品也进行了详细的解读。正是这些多样的阐释模式从不同角度挖掘出了作品的价值与意义，甚至挖掘出了以往没有发现的意蕴，从而大大丰富了文学活动。文学阐释对文学发展和人文价值的张扬所做出的贡献是不容抹杀的。

文学的不同阐释方式都有自身的优势，但也有其局限性。通常情况是，一种方法可以弥补另一种方法的不足。譬如，社会历史方法的优点在于认识到形成文学现象的社会文化因素，可以从宏观背景看待文学现象的精神价值与意义，但是它容易忽视文学作品本身的审美性质；而文本批评强调对文学作品的语言、结构、形式等文学性方面的分析，则可以弥补社会历史批评的不足；社会历史批评强调外在的社会文化因素与文学现象的关系，而心理批评则借助 20 世纪各种心理学、精神分析学理论可以直接触及最内在的隐蔽世界和动机，打开作者创作心理和作品人物心理的新大陆。事实上，在当代众多文学阐释中，单一的文学阐释模式已经不被人们看重，而表现出多种阐释模式的综合运用，尤其是出现了文本批评、社会文化批评和心理批评相结合的阐释模式。英国文学批评家和理论家伊格尔顿、美国文学及文化研究学者杰姆逊、法国符号学家克里斯蒂瓦等的文学阐释理论，都呈现出了这样的特征。当然，多种文学阐释模式的综合运用导致了文学阐释文本的复杂性和晦涩难解，它在给文学带来丰富意义的同时，也给阅读带来了困难。

文学阐释的兴盛催生了文学意义的大量剩余，不过，文学现象依然是文学现象，这是文学阐释所要面临的困境。本章主要选择几种有代表性的阐释模式：社会历史批评、文本批评、心理批评、读者反应批评。

第一节　社会历史批评

社会历史批评主要强调社会现实与历史对文学现象的决定作用。它主张，在考察文学现象时，应从作品产生的社会、地理、时代等环境因素的影响入手，把作品放回到具体的社会历史环境中，把作家的经历与作品联系起来，才能更准确地理解、分析和评价文学现象。

中国古代文学阐释很早就开始从社会历史角度讨论文学。依循“诗言志”的传统，《孟子・万章》中提出的“以意逆志”与“知人论世”的方法，就是要求读者把文学作品放到作家生活的环境中去，试图把握和重现作家的思想脉络，以便更好地了解作家的作品。司马迁在对屈原的评价中使用的就是这种方法。此外，中国古代文论还特别强调文学对社会道德、伦理建设方面的作用和影响，注重文学是否能有利于国家的和谐、社会的安定等。例如，孔子在《论语·阳货》中提到的“《诗》可以兴，可以观，可以群，可以怨”，涉及诗歌的社会功能的发掘。

在西方文学批评史中，社会历史批评最初出现于古希腊。在柏拉图、亚里士多德论文艺的著作中，都提到了文艺与社会生活有着一定的关系，但严格意义上的社会历史批评的兴起，则出现在18世纪。意大利历史哲学家维柯的《新科学》从古希腊社会的文化历史背景来讨论荷马史诗，认为人类历史在产生之初都是诗性的，二者无法截然分开，人们接受悲剧是因为悲剧人物的性格都不完全是虚构的；因此，要讨论诗歌，就需要把它们放回到当时的历史与社会背景中去。法国文学理论家斯达尔夫人在《从文学与社会制度的关系论文学》（简称《论文学》）一书中，从宗教、社会风俗、法律、时代、气候、环境等方面考察了不同民族文学的情况，提出了南方文学与北方文学的差异，在方法上对社会历史批评产生了很大影响。

社会历史批评方法的重要代表人物是法国学者丹纳。他在《〈英国文学史〉序言》和《艺术哲学》中提出并阐述了著名的“三因素”说，认为决定作家创作和文学发展的力量是种族、环境与时代。但是，由于丹纳受到19世纪实证主义的影响，过分重视自然环境、民族生理和心理因素的作用，使得他的方法缺乏对于社会自身发展对文学影响的分析，试图仅仅从外部环境的描述中去确定文学作品的内涵与价值，忽略了文学作品内在的审美要求和发展规律。

由马克思和恩格斯开创的经典马克思主义批评主要也是运用社会历史的批评方法，但不同之处在于：马克思主义批评要求把文学放到具体历史时代的社会结构之中，从经济基础与上层建筑的复杂关系中去看待文学作品。另外，由恩格斯提出的“美学的观点和历史的观点”相结合的批评（恩格斯称为“最高的标准”），弥补了丹纳等人只注重“外部研究”的缺陷。梅林、拉法格、普列汉诺夫等马克思主义者都属于这一派批评。20世纪二三十年代兴起的以卢卡奇等人为代表的“西方马克思主义”，继续发展了经典马克思主义从社会结构、阶级、意识形态等角度考察文学的方法，提出了一些新的观念和批评方式，如德国法兰克福学派的阿多诺十分强调文学艺术对现实社会的批判作用，试图从文学艺术中寻求社会历史发展的动力，等等。

第二节　文本批评

文本批评是对文学作品的文学性进行阐释的一种模式，主要是在20世纪语言学研究的基础上形成的。事实上，这种批评在中国传统文学阐释中比较普遍。中国传统的诗评重视练字，关注作品的音韵、词语等，强调比兴，调文本细读，反复吟咏，“读书百遍，其义自见”。汉代经生的微言大义，六朝文士的印象主义细读，宋严羽的“熟参”，明清的小说评点，清代的况周颐的读词之法、王国维的以境界论词等，都可以说是关注文本的审美性。

西方的文本批评是20世纪以来的一种突出的文学阐释模式，它试图抛弃19世纪那种强调文学的“社会—历史”维度的实证研究，以及推崇作者的传记式、印象式批评，极力将凝视的目光倾注到语言文本之上。因此，人们不顾各种批评流派内在的丰富差异，把那些主张回归文本、注重形式和结构、强调批评的科学性的流派，都汇聚在“文本批评”的旗下。

1915年前后，俄罗斯正经历着文学创作和批评理论繁荣的“白银时代”。此时，一批大学生以“诗学科学探索”的名义，发起了对传统注重内容研究的现实主义批评和象征主义的主观美学理论的挑战。这群试图从语言角度探讨诗歌和文学内部规律的批评者从他们的论敌那里得到了“形式主义”这个颇有贬义的名字，然而，这并未阻止他们以客观科学的方法探索文学的内部规律。他们关心语言结构甚于关心语言到底说了什么。雅各布森提出了影响到文本批评的重要概念——“文学性”，主张文学研究重在发现使文学成为文学的特殊素质。他们受到瑞士语言学家索绪尔语言学理论的影响，认为文学语言独立于日常语言，并运用语言学的共时方法讨论文学形式。他们颠倒了对内容和形式关系的传统看法，认为内容只是形式的动因，文学作品是特定修辞技巧、形式和手法的特殊集合。此外，什克洛夫斯基提出了“陌生化”理论，认为文学语言不同于日常语言，文学不同于日常世界之处，正是运用陌生化效果拉伸、扭曲和变形日常经验，从而唤醒读者的联想和记忆。俄国形式主义者在20世纪20年代后期逐渐解散并转移到布拉格和巴黎，他们的批评主张和研究方法影响了此后的布拉格学派、结构主义和接受美学等批评流派。

影响和主导北美文学批评领域长达半世纪的“新批评”流派崛起于20世纪20年代，此派以兰瑟姆的《新批评》（1941年）一书而得名。新批评反对浪漫主义者强调表现作家的主观情感，也反对像实证主义那样考察作品的社会历史档案，他们把作品视为自主的、相对封闭的和谐整体，主张批评和创作的纯粹、独立和客观性。新批评的开拓者之一T.S.艾略特在《传统与个人才能》中提出了诗歌的“非个性”观点，认为“诗不是放纵情感，而是逃避感情，不是表现个性，而是逃避个性”。诗人必须不断回归更有价值的传统，要放弃狭隘的“个性”。诗歌的价值不在于感情的伟大，而在于艺术过程的强烈和复杂微妙。新批评主将兰瑟姆系统地阐述了“本体论批评”，把文学视为独立自足的世界，并提出了颇有争议的“构架—肌质”理论，强调诗歌应该是理性和感性的有机统一体。此外，布鲁克斯提出了“细读”“悖论”“反讽”等具体批评方法，燕卜逊论述了诗歌语言的“复义”类型，肯定了诗歌语言的审美价值源于“复义”。成姆萨特和比尔兹利的“意图谬见”和“感受谬见”说，深化了新批评派割断作品与作者、读者、社会的联系的观点，回归到传统文论忽视了的作品本体之上。

20世纪五六十年代，加拿大文学批评家诺思罗普·弗莱的原型批评理论作为对新批评忽视文本间关系的反拨，试图将成千上万的文学作品纳入一个整体的、独立的结构，并且重视文学与文化、文学批评与其他学科之间的丰富联系。原型批评在新批评式微和结构主义到来的空当时期成了北美文本批评的重要范式。

20世纪60年代，强调“结构”和“系统”的结构主义思潮在西方取代了存在主义的主观论调。结构主义者始终追求一种超越个别、具体因素的共时结构，注重研究结构内在的二元对立模式。作为其方法论基础的索绪尔语言学，将语言和具体的言语运用分开，并将语言符号分为能指和所指。结构主义方法在人文科学领域导致了深刻的范式革命，如克洛德·列维·斯特劳斯的结构人类学、福科的考古学和拉康的精神分析理论等。在文学批评界，托多洛夫追随结构主义思想，主张关注作品自主性的系统性阅读理论，并提出叙事时间、语态和语式的叙事语法理论。格雷马斯的结构主义语义学叙事理论则以“角色模式”和“语义方阵”闻名。罗兰·巴特建立了系统的符号学方法，并用以分析大众文化的意识形态效果——“神话”，他还从作品文本研究的角度提出了“作者之死”，巴特的后期思想转向了解构主义阵营，发现能指和所指并不能构成一个完整的固定符号，能指指涉的与其说是一个概念，不如说是能指群，从而导致了能指和所指的分裂，以及意义的滑动。

以索绪尔的理论为基础的结构主义受到了法国学者德里达的深刻质疑。他认同尼采“重估一切价值”的立场，抛弃了卢梭式的怀旧伤感，肯定了文字的自由游戏。同时，他还深受海德格尔本体论存在主义思想的影响。德里达在《论文字学》等著作里颠覆了结构主义的“语音中心主义”，即贯穿西方传统形而上学的“逻各斯中心主义”，宣告文字的间接性、含混性正是语言的本质特征，“原型文字”是语言的基础而非附属的符号、表征。继而，他试图解构哲学和文学的对立，解构所谓真理言述和文学虚构的对立。

德里达的思想传播到北美形成了以耶鲁学派（包括保罗·德·曼、希利斯·米勒、哈罗德·布鲁姆和杰弗里·哈特垃）为代表的解构批评。解构批评虽然同意文学是语言符号系统，但认为修辞性才是语言的根本特征，因而文本是一个不存在中心的多重结构系统，没有绝对的指涉意义，意义是多元的和不确定的。他们进一步否定了文学创作和批评的界限，提出了文本的“不可解读性”等观点。解构批评对文本意义采取的相对主义态度，他们的批评策略以及解构主义思想构成的悖论，都遭到了颇多质疑，如艾布拉姆斯就以《解构的安琪儿》等文章与解构批评展开对话。但是，解构批评对文学的地位、文学的性质和目的都产生了深刻影响，成了当代文学和文化研究的重要资源。

第三节 心理批评

心理批评是借助心理学尤其是精神分析的理论和方法来阐释文学活动的一种路径，这是从外在世界的研究转向内心世界的分析，透过文本的表明现象或者“症候”透视更为内在的真实意义。

中国古代早就有周公解梦的心理分析的先例，明代李贽的“童心说”则以真正的童心来解读真正的文学创作，发人深省。不过，随着20世纪心理学的蓬勃发展，出现了各种心理学理论。这些理论的一个重要维度就是研究文学现象，从而形成了对文学活动进行心理批评的模式，同时，这种模式不断延展到文学批评和理论的内部，深刻影响到文学批评。文学研究者有意识地借鉴心理学理论进行文学阐释，这样，心理批评就成了文学阐释的重要方法之一。

心理批评涉及文学活动的内容是广泛的，主要有这样几个方面：一是作家及其创作心理的批评，挖掘作家的创作人格，甚至作家的病态心理；二是对作品中的形象进行分析，既探讨作品人物的行动与内在心灵世界，也探讨文学作品的物象与人物内在心灵的关系；三是研究读者接受作品的心理动机与效应。

心理批评的主要代表人物有弗洛伊德、荣格、拉康等人。他们都是心理学研究专家，但也充分关注文学艺术，提出了相似但又各具特色的文学批评模式与阐释话语。弗洛伊德作为奥地利的精神病医生，提出了无意识理论、泛性说、人格结构理论、梦的理论等精神病理学说。他对文学艺术作品的解读就是为了追寻他的精神分析学说。他对文艺活动的精神分析涉及作家、人物、欣赏者等方面，探讨了作家与精神病患者的类似关系，认为文学创作是一种欲望冲动的化装表现，欣赏是欲望的替代性满足。他分析了达·芬奇、莎士比亚、詹森、陀思妥耶夫斯基、茨威格等作家的创作心理及其作品中的人物形象，尤其关注作家的病态心理与作品人物的幻觉和梦等。荣格是弗洛伊德的学生，但后来由于不同意老师的泛性说而提出了“集体无意识”理论。所谓集体无意识，是指一种并非个人获得的，而是由祖辈遗传保留下来的普遍性精神机能，它通过神话、传说、童话中的原型意象对个体产生决定性的影响，这样，荣格用集体无意识理论来阐释文学事实，通过分析文艺作品中的重复出现的叙事模式、人物形象或意象、母题等，进而探究作品集体的原始精神意义，从而揭示出文学作品的价值。拉康的批评受到弗洛伊德理论的影响，但是，他没有把无意识视为最初的决定因素，而是从结构和语言学方面切入人的主体问题，认为不是无意识决定语言，而是语言决定无意识，能指决定所指，人的主体不过是一种语言的建构。因此，在文学批评中，他注重的是语言能指的重要性。

心理批评有很大影响。它已经融入了各种各样的文学批评之中，在当代文学理论和批评中仍然产生着重要的影响。霍兰德把它引入读者的阅读过程，文化研究、女性主义批评、后殖民主义批评都在不同程度和不同方面融合了这种文学阐释的模式。

第四节　阐释学、接受美学和读者反应批评

中国古代很重视对经典的解释、注疏，不论是对儒家还是道家、佛家经典的诠释，都很丰富。陆九渊的“六经注我，我注六经”之论也是体现了中国阐释学的不同路径。中国古典阐释颇为强调文学的接受与读者的反应，诸如孔子的“兴观群怨”之说。虽然

这种阐释活动做了很多，但是系统总结还不如西方现代那么全面。在西方，阐释学曾经是一门解释文本，尤其是解释《圣经》意义的古老学科。它得名于希腊神话中众神的信史赫尔墨斯（Hermes），在近代经过德国哲学家施莱尔马赫、狄尔泰等人的发展，成为一种关注“理解”的哲学思想。然而，近代阐释学还未超越自然科学客观方法的影响，追求解释对“原义”的复原和与其吻合，因而被视为一种方法论的阐释学。现代阐释学将传统阐释学改造为一种本体论的阐释学，它的奠基人海德格尔和伽达默尔都受益于胡塞尔的现象学。

自然科学和工业文明的突飞猛进威胁着以探讨“认识如何可能”为基本任务的近代哲学的合法性，也动摇着人们对文化传统的理解，欧洲哲学和思想文化的危机促生了胡塞尔的现象学思想。现象学试图把自然科学分裂的主体和客体又重新弥合在一起，竭力从主客体统一的视角观察世界。海德格尔继承了现象学的方法，但拒绝了胡塞尔的优越的先验主体，转向了对“存在”的关注。海德格尔的思想使“理解”不再只是一种心理意识，而是存在最本质的内容，是历史性的，也是栖息于语言之中的。那么，对艺术作品的理解就不是去发现，而是使艺术作品和语言的真理呈现出来。

伽达默尔循此思路继续发展。他彻底放弃了依附科学认识的传统真理观，将“理解”视为真理发生的方式，而艺术理解活动正是典范的真理发生样式，进而强调了理解的历史性和语言的构成性。人是历史中的主体，凝结在文化传统中的艺术品也是主体，因此人和艺术品之间的关系不是主客体的关系，而是两个主体的对话和理解关系，人对艺术作品的理解被视为作品存在的根本前提。艺术作品和阐释者都有自己不同的历史视界，他们的邂逅就形成了视界融合，即一种新的视界、新的阐释意义。

伽达默尔的阐释学认为艺术作品的意义是开放的，是不断再生的，这一观点受到来自美国的文艺理论家赫施的尖锐抨击。赫施不能容忍阐释学把作品和作者原意分隔开，使阐释失去衡量标准的相对主义态度，他站在“保卫作者”的立场指出，文本最根本的意义来自作者。因此，赫施区分出艺术文本的“意义”和“意思”，前者指作者的意图，是确定不变的；而“意思”是文本的意义和其他事物发生联系的产物，与历史条件、具体的理解者等相关，是可变的。

现代阐释学的发展中较有影响的还有法国的利科和美国的马戈利斯等人的观点。利科阐释学的新意在于融合了结构主义、精神分析学、日常语言哲学和宗教哲学的成果，力图从语言分析入手拓展阐释学。关于象征的分析和文本理论是其核心内容，也是利科在方法论和认识论方面对现代阐释学的发展。

现代阐释学极大地影响了20世纪60年代兴起于德国的接受美学。接受美学以姚斯和伊瑟尔为主要代表，他们试图在文学的形式研究中重新引入历史维度，或者说引入理解的历史性。姚斯以《文学史作为向文学理论的挑战》一文吹响了接受美学的号角，认为如果从接受美学视角考察文学，那么文学研究的形式和历史两块被割裂的内容将被重新连接起来。姚斯吸收了阐释学的“视界融合”与“效果史”的观点，认为文学意义既不能指望庸俗的实证式的历史研究，也不能被单纯地封闭在文本的形式结构中，因为意义发生于文本和历史性阐释者之间的对话事件中。他还接受了马克思的生产、消费观念，以及哈贝马斯提出的理想型交往理论等社会学理论的影响，将读者接受和社会的“一般历史”结合起来。当然，正如伊格尔顿质疑的：接受美学的“一般历史”其实是抽象的，是与具体的充满斗争、博弈的社会历史相区别的。接受美学的另一代表伊瑟尔则坚持从现象学方法考察文学阅读，因此，文学作品和阅读者不可分离，文学作品始终是在阅读过程中动态地构成的，文学作品的两端分别连接着作为艺术一极的文本和作为审美一极的读者。伊瑟尔在《召唤结构》中指出了文本始终潜藏着隐含读者，并需要读者的阅读来填补空白，连接空缺和建立新视界。而且有价值的文本必定形成对读者固有观念、思维方式和艺术经验的质疑。在文本挑战中，阅读者得以摆脱日常生活的控制并获得解放。

接受美学越过大西洋，在美国形成了“读者反应批评”流派，其中影响最大的有费什、卡勒和霍兰德。费什试图通过读者对文本意义的颠覆，否定读者对自身知觉的自信，从而说明意义的不确定性。他的名言是“意义是事件”，“阅读是一种活动，是一件你正在做的事”，费什承认阅读者受到内化的语言、社会交往规则和语义知识的制约，但阅读没有绝对标准。批评实践就是研究读者阅读经验中随着时间流动对文本做出的反应模式。卡勒不像费什那么极端，他更在意读者的潜在能力，即“文学能力”，或者说是文学接受的“习惯系统”。文学正是通过旧的习惯系统被新的习惯系统替代而实现文学的演进。诺曼·霍兰德则将读者反应批评置入精神分析学的框架中，读者和文本的关系是本文幻想和自我防御的关系。阅读作品使读者的潜在欲望转换成社会可以接受的合理内容，因而读者可以从阅读作品中释放并获得快乐。阅读的过程不是文本的被动解读，而是作者和读者通过文本获得交流的过程。

从阐释学发展到接受美学，再到读者反应批评，我们可以发现一以贯之的线索是批评或理论在作者、文本和读者体系中偏向了读者、解释者，他们在重视语言文本的基础上，在文本意义和阐释主体、人类经验之间建立了新的联系。

第七章　文学流变理论

任何社会历史现象都不可能没有历史起点或逻辑起点，而一旦有了历史起点或逻辑起点，那么它就会在内外诸力的作用下发生流变与迁化；变化是一个永恒的过程，我们当下普遍默认的观念、意义或形态，到未来某一天可能就有了新内容的注入，从而成为未来可能的样态。

文学是社会历史现象之一，所以文学也理所当然有它的起源、流变与未来的可能性。这些内容本章将加以陈述和诠释。需要特别说明的是，之所以不采用传统上一直使用的“文学的起源与发展”中的“发展”观念而采用“流变”的观念，在于文学本是一种精神现象而不是物质现象，它并不一定遵循物质现象世界的线性发展观。这就是说，文学并不一定是进化的，只能说是流变的。

文学是广义的艺术的一部分，探讨文学的起源就必须首先探讨艺术的起源。而艺术的起源是一个特别复杂的问题，历史上探索文艺起源的途径较多，19 世纪后，主要的途径大概有三个：考古学的途径、人类学的途径、心理学的途径。

所谓考古学的途径，是指以考古学上的实证来探讨文学艺术的起源。一般来说，此途径主要是用史前艺术的遗迹来实证性地回答艺术起源于何时。例如，在欧洲，1875 年发现的阿尔塔米拉洞穴壁画，就是艺术起源学上的一个重要成就。这个洞穴长度有 1000 英尺左右（约 304 米），洞穴顶部长达 46 英尺（约 14 米）的壁画上画有 20 多只动物形象，壁画上所描绘的动物的生动形象，虽然不是为艺术而画，却是艺术的胚胎。这个洞穴壁画的发现开启了史前艺术考古学的先河，此后在法国的西南部、南部和西班牙北部等欧洲地区，又先后发现了大小 80 多处史前洞穴艺术遗迹，为艺术起源的考古学研究提供了较多实证性材料。但从总体上说，从考古学上去研究文学艺术的起源有很大的局限性，主要体现在两个方面：一是目前发现的史前艺术遗迹的总体数量还不多，它们保证了实证性，却又缺乏足够的准确性；二是今天发现的史前考古材料所证明的艺术起源的可能时间，也许会被新的史前艺术遗迹的发现修改，从而不能在根本上终极性地回答艺术起源的问题。也就是说，考古学的方法对艺术起源问题的回答具有波动性。

用人类学的途径来研究艺术起源问题，主要是利用现存的原始部落这些“社会活化石”中的文化艺术样本来进行研究。这方面研究的重要理论著作主要有美国人类学家摩尔根 1877 年出版的《古代社会》，英国艺术史家格罗塞 1894 年出版的《艺术的起源》，以及俄国理论家普列汉诺夫 1899 年出版的《没有地址的信》。这种方法的局限性在于：残存在现代社会中的原始部落虽然被称为“社会的活化石”，但它们毕竟不是原始社会本身，以它们做标本可以间接推测出一些近似正确的结论或假说，但毕竟不是正面的直接回答。

心理学的途径主要是以如下假说为前提的：原始人的心理和儿童的心理近似。前提的假说性质决定了它的说服力是很有限的，在某些时候甚至是错误的。所以，用现代儿童的“艺术作品”去反推原始艺术从而推测艺术的起源，也和运用人类学的方法一样具有回答的不彻底性。

所以，历史上的理论家、文学家尝试性地用了各种方法去回答文学艺术的起源问题，但到目前为止，各种回答在很大程度上只能说是一个个假说而不是定论。综合历史上对此问题的各种理论解答，通行的观点主要有以下五种：文学起源于模仿，文学起源于游戏，文学起源于巫术，文学起源于心理表现，文学起源于劳动。

有起源就有流变，文学也一样。文学流变的动力既来自内部，也来自外部。一般情况是在内部与外部动力的综合作用下发生流变，但内部动力与外部动力并不是平衡地起综合作用，可能此一流变的主要动力来自内部，而彼一流变的主要动力来自外部。内部动力主要指文学自身的原因，这种原因既可以是本国文学自身的原因，也可以是外国文学的原因。外部动力主要指社会历史的原因。由于文学的流变是内外动力综合作用的结果，文学的流变就不是杂乱无章的，而是有一定的规律可循，这些规律，既有一般的，也有特殊的。就一般规律而言，一个时代有一个时代的文学，其中既有文学进化论的主张，也有文学退化论的主张。与此同时，各种社会意识形态对文学流变也要产生不同力度的影响，这些也是我们关注文学流变必不可少的内容。就文学流变的特殊规律而言，主要是文学流变与社会发展之间不平衡的规律。这种不平衡分为纵向的不平衡和横向的不平衡。纵向的不平衡指的是社会发展到了高级阶段，而其文学的成就可能并不如社会处于低级阶段的成就。这种不平衡又叫历时性的不平衡。横向的不平衡指的是在同一时空范围内的不平衡，又称共时性的不平衡。但必须指出的是，在文学流变的长河中，有一些作品速朽并消失在流变的历史长河中，而另一些作品成为人们公认的永恒的阅读对象而被称为“经典”。所以，“流变中的经典”，就理所当然地成了流变论中一个必不可少的有机组成部分。

文学的流变是从过去流向现在的历程，同时也是从现在流向未来的历程。虽然我们不能尽知未来样态的具体情形，但也可以做出有限的预测。可以肯定的是，文学的未来就是现在若干潜在因素的未来实现，或现在的局部现象在未来的普遍化。它们既包含文学观念层面上的内涵在未来的可能性，也包含文学外延方面的若干可能性。

第一节　文学的起源

历史上提出的艺术起源理论主要有以下几种。

（1）模仿说。这是最早的关于艺术起源的学说。它的主要代表人物有古希腊的德谟克利特和亚里士多德。这种学说认为，模仿是人的本能，艺术起源于对自然和社会人生的模仿。柏拉图也是同意模仿说的，不过他以艺术是模仿不真实的世界从而否定了艺术，以为艺术是影子的影子，与真理隔了两层。

（2）游戏说。游戏说最早是由德国哲学家康德提出来的，但明确提出和系统阐述这一理论的却是德国诗人席勒和英国学者斯宾塞，因此，艺术理论界也把游戏说称为“席勒—斯宾塞理论”。

游戏说认为，艺术活动是一种无功利目的的自由游戏活动，是人与生俱来的本能，艺术就起源于人的这种游戏的本能或冲动。不过，英国学者斯宾塞的理论主要是进一步发挥和补充席勒的观点，他的贡献是从生理学角度来解释过剩精力的由来。他认为，高等动物的营养物比低等动物的营养物丰富，所以人类在维持和延续生命之外，还有过剩精力。这种过剩精力的发泄便导致了游戏和艺术这种非功利性的生命活动的产生。

（3）巫术说。巫术说是 19 世纪末以来在西方兴起的最有影响力的艺术起源理论，它的首创者是英国著名人类学家爱德华·泰勒和弗雷泽，因此，这种理论又被称为“泰勒·弗雷泽理论”。

所谓巫术，是人们利用虚构的自然力量来实现某种愿望的法术，其本意不是为艺术的活动，而是原始先民带有宗教性质的活动。巫术说从原始人类的巫术活动中寻找艺术的起点，认为最早的艺术是原始人巫术活动的产物。原始人的所有创作活动都是为了实现巫术的目的，艺术就是原始巫术的直接表现。

（4）心理表现说。心理表现说是西方现代有影响的艺术起源理论。心理表现说主要从心理学的角度来考察艺术的起源。但在对心理因素的认知上，一些艺术理论家、心理学家认为是情感，另一些艺术理论家、心理学家则认为是本能。所以，心理表现说又可以分为情感表现说和本能表现说。

情感表现说侧重从人的心理意识层面来解释艺术的起源，认为艺术起源于人的情感表现的需要，情感通过声音、语言、形式等载体表现出来时，就产生了音乐、文学、舞蹈等艺术。最早提出情感表现说的是法国理论家维隆，在 1873 出版的《美学》一书中，他把艺术定义为情感的表现。此后，俄国的列夫·托尔斯泰提出艺术起源于个人，为了把自己体验的感情感传达给别人。20 世纪初，意大利美学家克罗齐提出了“直觉即表现”的艺术观。科林伍德也认为，艺术不是再现和模仿，也不是纯粹游戏，艺术的目的仅仅是表现情感。

本能表现说根据人类心理的深层潜意识层面来解释艺术的起源，认为艺术是人的梦、幻觉、生命本能的表现，主要代表人物是奥地利精神病理学家、心理学家弗洛伊德。弗洛伊德用他的精神分析学说来解释艺术的本质和起源，把艺术理解和定义为人的潜意识与性本能的象征和表现。

在中国，把艺术的起源定义为心理表现是很早的事情。“言志说”和“缘情说”是其中最主要的看法和理论，如《尚书·尧典》中说：“诗言志，歌永言，声依永，律和声。”汉代《毛诗序》中也说：“情动于中而形于言，言之不足故嗟叹之，嗟叹之不足故永歌之，永歌之不足，不知手之舞之，足之蹈之也。”晋代陆机《文赋》中也提出过“诗缘情而绮靡”的观点。

（5）劳动说。劳动说是艺术起源理论中影响很大的一种学说。有关劳动与艺术产生之间的联系，中外艺术史上都有论说，如 19 世纪末的德国学者毕歇尔、俄国的普列汉诺夫以及我国文学家鲁迅等。从根本上说，没有劳动就没有人类，没有人类当然就不可能有艺术的诞生。在这个意义上，劳动当然是艺术起源的终极原因，但在理论上不应是唯一的原因。劳动既然是人类诞生的原因，那么也可以说劳动是艺术与非艺术的一切

“人文”的原因。所以，在劳动基础上的艺术起源的其他直接原因，也具有各自的合理性。正如朱狄指出的：“所有这些多元论的倾向，并不就是对在艺术起源问题上众说纷纭的一种无可奈何的调和折中，而在于在艺术最初的阶段上，可能就是由多种多样的因素所促成的，因此推动它得以产生的原因不能不带有多元论的倾向。同时，各门艺术都有着自己的特殊性，因此的确很难整齐划一地被导源于一种单一的因素。”“发现最早的艺术是一件困难的事情，解释它则更加困难。事实上尽管对艺术起源的推动力已经过了一个世纪的讨论，但仍然很难用一种理论完全使人信服地去阐明各种艺术发生的原因。”

第二节　文学的流变

文学并不是一种静止的存在，它总会在不断的流变中显示着自身。文学从起源到现在，经历了极其漫长的社会历史阶段，发展到今天，其内容的丰富性，形式的多样性，是以往任何历史时代都无法比拟的。这说明文学同其他任何事物一样，都有自己产生和流变的历史。从总的情况看，文学的流变既是文学内容各要素的流变史，也是文学形式各要素的流变史。

文学本身的概念有一个发展演变的过程。从上古时代的诗、乐、舞合一的广义的文学，到后来的“文笔”之争，以至今天文学的文化转向，文学经历了一个不断扬弃、不断否定的过程。刘勰在《文心雕龙·通变》中说：“夫设文之体有常，变文之数无方。”这是指一定的文学样式总会有自己的属性特征，即“设文之体有常”；但随着不同时代语境的变化更替，文学的具体面貌又会呈现出不同的风格，即“变文之数无方”。换言之，文学流变是一个继承与创新或“通”与“变”的过程。

从内涵上说，文学的流变体现为表现的内容在不同时代各不相同。《诗经》中大多如实记载了当时的一些社会生活和情感体验，如《大雅》中对周民族历史演变的叙述，《国风》中对上古先民生存质态的艺术反映等。后来，汉赋中的歌功颂德，唐诗中的自我表现，宋词中的娱宾遣兴，以及话本、小说中的爱情故事等，都说明了一时代有一时代之文学，文学作为一种特殊的审美意识形态，总是随着现实生活而不断流变的。

在西方的古希腊，文学主要是指悲剧和史诗，到后来，诗歌、小说等文学样式才逐渐进入了文学的领域。在中国文学史上，文学最初指的是诗歌。实际上，《诗经》就是当时的文学范本，随着人类情感体验的不断丰富，诗歌的艺术表现性难以充分表达这种心境。于是，汉赋、六朝的志怪小说、唐诗、宋词、元曲等文学样式不断涌现出来，文学涵盖的范围逐渐扩大。在当代，文学在新历史主义那里已经和历史具有相同的文本建构模式，历史的文本化与文学文本的历史化在当今已趋于融合。在文化研究者那里，文学也不再是单纯的平面书写文字构成的研究客体，往往被视为一种负载了具体社会文化意识形态的文化文本。

文学的流变当然不是无缘无故的。从总的方面说，内因和外因决定了文学自身的流变历程，从而也显示出流变的规律性。外因主要是社会历史方面的，是指社会历史中的各要素都不同程度地制约和影响着文学的流变。内因是文学自身的，它既可以是本民族文学自身的，也可以是外民族文学的。我们可以从以下三个方面来考察文学流变的原因。

一、社会历史的变迁与文学流变

1. 文学与时俱变，一时代有一时代之文学。我们确实很难说后世的文学一定超过了前世，正如钱穆所说："骤然看来，似乎中国人讲学术，并无进步可言。但诸位当知，这只因对象不同之故。即如西方人讲宗教，永远是一成不变的上帝，岂不较之中国人讲人文学，更为固步自封、顽固不前吗？当知中国传统学术所面对者，乃属一种瞬息万变把握不定的人事。如舜为孝子，周公亦孝子，闵子骞亦复是孝子，彼等均在不同环境不同对象中，各自实践孝道。但不能因舜行孝道在前，便谓周公可以凭于舜之孝道在前而孝得更进步些。闵子骞因舜与周公之孝道在前而又可以孝得更进步些。当知从中国学术传统言，应亦无所谓进步。不能只望其推陈出新，后来居上。这是易明的事理。"

2. 社会历史各要素与文学流变的关系。社会历史的要素很多，有经济的、政治的、法律的、道德的、哲学的等，它们都对文学的流变产生着间接或直接的影响。

（1）经济基础与文学的流变。人首先需要生存，然后才能进行文学创作。经济形态和水平不同，也相应地影响到文学的内容与形式的流变方向和状态。社会生活具体的历史性，其状态与经济基础密切相关。由于不同社会形态的经济基础不同，社会史上每个历史阶段都具有性质各不相同的社会生活内容，对此做出反映的文学，也必然具有不同的内容和状态。

（2）社会意识形态与文学的流变。经济基础对文学的影响并不是直接的，更多的时候是间接的。正如普列汉诺夫所说："应该记住，远不是一切'上层建筑'都是直接从经济基础中成长起来的；艺术同经济基础发生联系只是间接的。因此，在探讨艺术的时候必须考虑到中间的环节。"这些中间环节包括了政治、法律、道德、哲学等。社会意识形态的政治、法律、道德、哲学等，因为与文学处于同一个体系之内而互相作用，从而会影响文学流变的方向和具体内容。

（3）社会发展与文学生产之间的不平衡关系。所谓"不平衡关系"，是说文学艺术的繁荣并非总是与社会的一般发展、物质生产的一般发展相一致，两者之间并不总是按比例增长的。这样的情形主要表现在两个方面：第一，从艺术形式来看，某种艺术形式的巨大成就只可能出现在社会发展的特定阶段，随着生产的发展，这种艺术形式反而会停滞或衰落；第二，从整个艺术领域来看，文学的高度发展有时不是出现在经济繁荣的时期，而是出现在经济比较落后的时期。马克思主义的经典作家对此做出过明确论述。

二、自我扬弃中的文学流变

文学的流变既有外在社会历史因素的影响，也有内在的自我扬弃。任何后代的文学都不是从天上掉下来的，都与前代的文学有着因果关系，也与后代的文学有着联系。正如马克思和恩格斯所说："人们自己创造自己的历史，但是他们并不是随心所欲地创造，并不是在他们自己选定的条件下创造，而是在直接碰到的、既定的、从过去承继下来的条件下创造。"

文学内在的流变除了民族文学自身的扬弃外，也与外来文学的影响有着密切关系，这在世界各民族联系和交往成为普遍现象的时代表现得尤其明显。在世界一体化的格局中，民族的文学形式可能会因为接受外来文学而成为带有世界性的文学形式。就文学体裁而言，我国唐代以来新兴的说唱文学样式变文、弹词，是在印度佛教文学的影响下产生的，自由诗和话剧便是从外国移植来的。这方面的文学影响与流变，实际上属于"比较文学"中"影响研究"的领域。但是，无论文学的自我扬弃，还是受到外来文学的影响，都会在文学历史的具体史实中表现出来。这就形成了文学自身各要素的流变史：或是体裁的流变史，或是风格的流变史，或是表现方法的流变史，或是语言形式的流变史，或是文学思潮、文学流派的流变史。当然，流变中也有"不变"；"不变"的是文学的"永恒主题"，如"爱""战争""死亡"等。

三、流变中的经典

经典（Canon）一词源于古希腊语 κλασικός，原意为用作测量仪器的“苇秆”或“木棍”，后来引申出“规范”“规则”“法则”的意义，这些引申义后来作为本义流传下来，并进入了理论之中。在文学批评中，这个词第一次显示其重要性和权威性是在公元4世纪。

大体而言，既往的优秀文学遗产中那些具有长久生命力的作品，是在历史长河中经受大浪淘沙的洗礼而形成的文学流变中的经典，它们在中外文学的事实中呈现着，也被历代的人们公认。古希腊艺术在西方文学史上成为不可重复的经典，具有永久的魅力，后来的西方文学有许多都是直接或间接地取材于希腊神话。在中国文学史上，最早的诗歌总集《诗经》以其独特的魅力经久不衰，为后代的人们所喜爱。至于经典《红楼梦》，对它的研究也一直没有间断，并形成了一门独特的“红学”。“经典”是一个永恒的话题，当然，现在也有一股解构和重估经典的思潮，这是值得我们关注的一种趋势。

第三节　文学的未来走向

按照现代语言学的观点，文学作为一个能指符号，本身没有固定的永恒所指。换言之，文学并不是一种先验的客观研究对象，而是随着时代和社会的发展变迁而被不断赋予新的面貌和姿态。刘勰在《文心雕龙·时序》中所说的“文变染乎世情，兴废系乎时序”，即出于此理。

文学流变至今，已经历了千蜕万变，而现代信息社会的迅猛发展，还在进一步对文学的生产方式、传播方式，以及阅读方式起着革命性的作用。在新的语境下，“什么是文学”“文学的本质是什么”这些重要问题又受到了重新审视和反思。毋庸置疑，消费社会和网络时代的到来，使传统的文学观念和文学形态受到了巨大冲击。文学的意义及其规则受制于怎样的话语机制和意识形态，再次成了文学家和文学研究者关注的焦点。

实际上，从柏拉图开始，文学存在的合法性和它作为学科的边界就不时遭到质疑。柏拉图在《理想国》中认为：“文艺是自然的模仿。”这个自然是以“理式”为蓝本的“自然”，所以是“摹本的摹本”“影子的影子”“和真理隔了三层”。在19世纪初，黑格尔曾指出，艺术在工业面前无处容身，“就它的最高的职能来说，艺术对于我们现代人已是过去的事了，因此，它也丧失了真正的真实和生命，已不复能维持它从前的在现实中的必需和崇高地位”。在他看来，艺术源于感觉、情绪、知觉和想象，是人类的一种非理性的产物，它用感性的形式去表现和抵达真理。科技的进步不仅使人类的物质生活更加丰富，同时也使其精神生活越加贫乏，在偏重理性、理智、规则和技术的时代，艺术的命运便是走向死亡和终结。

19 世纪以来，本质主义意义上的文学概念受到了空前动摇。尼采、德里达、巴特、弗洛姆等人都对本质主义的文学观提出了质疑。近年来，传统文学观念的解体出现了加速的趋势，向当代文学理论提出了严峻的挑战。在这种语境中，文学研究出现的新趋势主要有这样几个方面：一是从宏大叙事向私人化写作转变；二是从价值重估转向价值重建；三是从审美诉求转向文化文本；四是从精英文学转向平民文学。

从具体文本形态来看，主要有生态文学、网络文学、文化文本、短信文学等新的文学类型。

（1）生态文学。生态学本属于环境科学或生物学的研究领域，但随着工业社会带来的全球变暖、资源短缺、环境恶化等后果，人类不得不承担起自己的生态责任。当这种责任被文学家以文学形式具体化时，生态文学或环境文学就产生了。“生态文学”作为一个学科术语，最初是由美国学者密克尔 1974 年在《生存的悲剧：文学的生态学研究》中提出的，当时他采用了“文学生态学（Literacy Ecology）”一词。1978 年美国学者鲁克尔特发表了《文学与生态学：一次生态批评实验》，首次使用了“生态批评”的术语。此后，生态文学和生态批评在文学领域里逐渐建立了自己的学理框架。随着生态文学的逐步发展，在文学的未来景观中，它的存在可能不只是一种文学样式，更有可能是一种生存观和世界观。

（2）网络文学。电脑网络的出现给当今世界带来了巨大变化，加拿大学者麦克卢汉用“地球村”和“信息时代”对这种变化作了概括。网络在人际交流中具有自身快捷方便的优越性，在这种新的环境中，文学领域也出现了网络文学这个新种类。许多作家和评论家开始对它进行学理上的归类和研究，有关网络文学的批评、研究和争论也在发展之中。网络文学的出现，对传统的文学和文学观念造成了诸多挑战。但是，网络文学未来的发展趋势和前景，在目前还是一个有很大争议和值得研究的问题。

（3）文化文本。当今，文学被当成了文化的一个分支或一个维度，文学只是其中最具有审美性的艺术表现形式。但是，就文学观念本身的流变而言，杂文学的一个重要特征就是其文化性。传统文学的学科边界被“文化”这个更加宽泛的概念所拆解和整合。文学的这种转型与西方的符号学、文化研究的趋势有很大关系。文化文本的主要特征是文学与文化趋同。经典文学的样式往往是精英知识分子创作的具有独立个性的艺术世界，而文化文本却在文学与大众文化之间形成了共时态的对应关系。文化文本在西方有多种形态，如女性文学、都市文学等，在中国则有时尚读本、文化散文等。所谓时尚读本，是指“作为一种新近形成的小说形式的命名，则是对显现于20世纪90年代初，生成于90年代末期的，在文学市场化时代形成的小说形式的概括与认定”。就其叙事风格而言，常常是对一种社会原生态的模拟；其美学特征有以下几个方面：时尚性质、复合特征、市场策划意识、都市流行风格。文化文本的形式非常多，总体来说，呈现出多元共生、杂语喧哗的局面。

（4）短信文学。网络和手机的普及促使人类的交流变得更加方便快捷，尤其是手机的大众持有量在很短时间里成倍猛增。手机普及的一个重要结果便是交流的多样性，如通话、发短信、上网等。在手机时代中，文学也开始以手机短信息的方式广泛流行。短信文学（或手机文学，“大拇指文学”）的最初形态仅仅是生活交流语言的短信化，后来逐步确立了简洁、凝练、风趣、幽默的基本话语机制，能在瞬间流传到四面八方。最初的短信文学只是一些简单明快、具有文学色彩的语句或打油诗，后来则出现了简短精练的诗歌、散文、小说等，甚至也有严肃作家介入创作和评奖。这表明，短信文学或手机文学已经引起了文学界的关注，在今后的社会生活中，它或许能以更加成熟的形式进入文学理论研究中。

第八章 实践视域下文学理论的多元化

研究文学理论话语方式具有重要意义，在中国当代，西方各种学派化文学理论蜂拥而至，挤压了我们的理论空间。这种状况，决定了我们必须注重中国化的文学理论建设。在中国化的文学理论建设过程中，深入探讨文学理论的话语方式是一项基础工作，也是一项关乎文学本质、特征及基本规律研究的具有引领作用的工作。对文学理论话语方式进行深入探讨，形成对文学理论话语的构成规律及其文化意义较为完整的认识，可以触及中国文学理论建设的一个内在规律，这对建构中国当代文学理论具有启示意义，对当代学术语言的规范化、科学化也有促进作用。

第一节 说话方式与文学理论

一、文学理论独特的话语方式

真的存在一种文学理论的话语方式吗？这个看上去缺乏常识的问题对于文学理论专业人士而言却颇具挑战性——如果没有文学理论的话语方式，人们如何将文学理论的特定内涵传达出来？如果存在这种方式，那么，又由谁来为这种方式制定规则？不同文学理论主体又在何种意义上统一（或者被统一）到这些规约之上？在权威消解的时代，文学理论变得纷繁芜杂、多元多样的时代，某种文学理论存在的合法性与意义展示会更多地取决于它的形态，取决于它所选择的进入另一种文学理论专业人士及其他非专业人士视域的方式——除非你愿意始终保持对文学和文化的隔膜状态。

也就是说，文学理论话语方式及其与所表达的理论内涵之间的关联方式在这样的时代里变得重要起来。用乐观的话来表述这种现象，那就是文学理论的自觉征兆正在展露；用挑剔的眼光审视，则会发现这种现象背后存在众多的理论空洞，许多缺少内质的言说正在理论话语游戏中炫耀自身，使人们对文学理论的理解变得更为艰难，使文学理论时文学现象的阐释变得更加不负责任，这种看似自如的文学理论，不过是理论主体显示自己资格的一种标志。

我们恰好处在这样一个时代，对于文学理论的建设来说，这个时代提出了挑战也提供了机遇。一方面，西方各种学派化文学理论蜂拥而至，它们以不同的理论方式，开拓出带有特点的理论领地，为我们的理论话语提供了某种资源和参照，同时也挤压了我们的理论空间；另一方面，经历了百余年时间，中国现当代文学理论正以顽强的姿态继续建构切合中国文学和文化实际的文学理论事业这一时代特点，决定了我们的文学理论必须意识到追求一种文学现论的话语方式的重要性，也决定了人们在为此付诸行动之时，必须重新审视文学理论话语建构中的双重价值索求、处置好话语倾向内部固有的矛盾和悖论，使文学理论话语建构更好地体现文学理论发展规律。

所谓文学理论话语的双重价值索求，是指文学理论话语不但要切合它的对象世界，更要切合文学理论的理论本体，使自身在获得文学意义的同时获得理论价值，形成双重话语属性。具备这两重属性的文学理论话语，才可能成为更为纯正的文学理论的话语，它的文学的与理论的肌质，会形成更大的阐释功能和阐释活力。诚如海登·怀特所说："总之，话语从本质上说是一种调节。既如此，话语既是阐释的，又是前阐释的，它总是既关注阐释本身的性质，也同样关注题材，这也显然是它详尽阐述自身的机会。"可以肯定，离开了这两个方面的价值索求，文学理论话语表达的通俗与不通俗、明晰与不明晰，都与它所形成的阐释力量和可能获得的接受理解无关。

因为深刻的理论话语很可能是易懂的，只要它真正包含着理性内涵，充分体现了理论话语的属性；而浅白的理论话语却可能难以理解，如果它缺少需要理解的理性成分，不具备理论话语的基本属性。更何况，谁会指望理论语言绝对等同于生活口语呢？谁又愿意在日常表达中随时遭遇文学原理和文学理论问题的通俗化呢？理论话语方式与日常言说绝对不可能彻底交融、完全等同，即使有许多人正在做这种幻想和努力。

二、说话方式的历史与现实状态

但文学理论话语方式的双重价值索求的确常常被错误地处置，先看它在与文学基本关系上的体现优秀的文学理论语言当然要充分地追求并展示文学特性，如中国古代那些杰作（如陆机的《文赋》、刘勰的《文心雕龙》以及许多的诗论、文论篇章），它们十分有效地从文学中汲取了切合文学的阐述力量，同时也提高了自己的品位。但考察文论史时，我们会发现，文学理论话语方式对对象世界的顺从不但由来已久，也使自身逐渐失去了自持能力。有许多似是而非的观念在此过程中发挥了重要作用，这些观念的现实基础是经验主义。

具体地说，在经验主义盛行的现实世界里，由于文学理论产生于文学实践之后，是文学对人类理性诉求导致的结果，人们极自然地将它理解为文学的理论，其基本功能被定位在概括、总结文学规律和阐释文学现象上。人们总是要求文学理论致力于为那个直观而宏大的文学世界提供说法，而常常忽视了它自身的构成方式及其价值。

即使在西方，这也是一个普遍的认识。西摩·查特曼说："文学理论是对文学的本质的研究，它不会为了自身而关注对任何特定的文学作品进行的评价或描述，文学理论不是文学评论，而是对批评之规定的研究，是对文学对象和各部分之本质的研究。"这位理论家还指韦勒克和沃伦在《文学理论》中也将文学理论视为一种方法的工具，照按一般理解，工具的意义当然不在它自身，而更多的在它的对象上。

在这种观念支配下，文学理论话语的理论活力和生长方式，它由自身理论品质决定的话语表达等因素，往往被人们对它的对象世界的诉求遮蔽，甚至消解。人们确定一种文学理论的价值，更多的是看它提出并解决了什么文学问题，这些问题怎样彰显了文学的思想与艺术价值，并对我们的文化和生活产生了何种影响，而很少看它的理论结构和言说方式有什么独立意义，或者作为文化不可或缺的组成部分显示了什么样的特别价值，原因很明显，作为文学研究（即使是通过文化来进行研究）的表达，话语方式的工具意义越充分，便越能产生价值，在文学理论被认可为一种同样重要的文化创造（而不仅是创造的阐释手段）之前，它的品质还会有什么更大的重要性呢？缘起于文学又归宿于文学，这就是上述背景下文学理论话语的全部使命。

文学理论话语方式的这种历史和现实状况具有什么负面效应呢？忽视理论话语方式本身难道真是一种不可容忍的理论性错误？这可以从文学理论话语主体的作为中找到答案，表面看，文学理论的不自觉状态好像给理论言说者施加了压力，使他必须始终立足于文学范畴之内来构建其话语体系，进而获得理论合法性。但实际上，失去了对理论的自觉与约束，来自文学的限定极可能导致一种放任。换言之，言说主体只要扣紧文学，满足了对象世界的基本要求，马上就会获得巨大的言说自由或者言说任意性。这个自由主体可以堆砌材料，随意道来，使理论的布袋变得鼓鼓囊囊；也可以搬用他述，生吞活剥，在理论的新瓶子里盛满过时的或别人的想法……文学世界的无限丰富为理论主体的这种言说方式提供了充足的话语资源和话语可能性，即使哲学观念、逻辑方法和分析手段欠缺或乖谬，一时也不会构成较大影响。

其结果是，在文学理论的一个个现场，一方面不断出现丰富新异、花样翻新的景观，另一方面则是浮泛与芜蔓、艰深与奥涩、重复与烦冗悄悄流行，理论话语的疲软不可阻遏地形成并流露。也就是说，就范于对象世界的文学理论话语，以看似必然的、合理的方式发展，却自我消解了自身作为理论话语的力量，由它构成的理论表达，表面扣紧着文学，但在更为内在的层而上却从文学世界游离。文学理论的浮泛状态就这样形成了由于这个悖论的作用，可以肯定，就范于文学世界的文学理论话语所形成的形态，其实并不能作为我们探寻文学理论话语构成规律正确性的直接证据。它只能说明，如果没有新的思考和更深入的开拓，这条起点正确的道路将无法把我们导向正确的目标。

如何解决这个问题？一般的想法是通过强调和凸显文学理论话语方式的理论品质来力求突破，不能否认这是一个正确的想法，而且这也正是我们所倡导的，因为它展现了文学理论话语的第二面价值索求。通过这种索求，在理论性约束下，文学理论话语的随意与漂浮或可得到校正。依据米克·巴尔说：理论是有关某一特定客体的一系列系统性的概述；因此，它当然不是客体的具体性和个别性的逐一表述，它以抽象方式远离感性世界的纷繁芜杂，使自身保持着理性的纯粹性。它依靠观念的和逻辑的力量进入现象内部，捕捉事物的共同性与普遍性，从而形成一种超越化表达理论的这种品性，当然足以对抗就范于现象世界的话语方式所造成的言说浮泛与芜蔓。

可见，理论性在文学理论话语构成中可以起到规约与提升作用，是文学理论话语方式十分重要的价值生成路径，然而，理论的上述作用不是普泛的，它依赖我们对理论进行观念定位，否则，关键性因素不能发挥作用，理论也不会形成特定的规约与提升力量在文论领域尤其如此。

通俗地说，必须首先搞清“什么是文学理论”这个首要问题。如果仅将文学理论理解为文学规律的概括和总结，那么，对文学理论话语方式的考察又叫到了前面所述那种起点正确但难达目的的逻辑悖论之中。换言之，作为文学规律的概括和总结的文学理论，是不足以用理论的力量将文学话语从文学世界的限制中提升出来并形成理论特质的。

对理论的认识停留于此点，文学理论话语就仍然找不到强化自己的途径，正如弗雷德里克·詹姆逊所说："由于理论屈从于物质的语言，因此，理论将含有某种类似语言警察的功能，其使命是毫不留情地搜寻和摧毁我们在语言实践中不可避免地流露出来的思想，我们只能说，对理论来讲只要使用语言，包括语言本身，就容易受到'打滑'和'漏油'的影响。因为已经没有任何正确的语言表达方式了。"可见，必须从理论观念开始才能改变文论语言的内质，从而避开或消解它与理论的对抗性。完成这个任务的根本办法，只能是对理论和语言的观念进行更为深入的探讨。

三、文学理论话语方式的内质

理论是什么？与经验主义不同的观点是，理论是人类实践的指导，相对于实践它是先在的，它具有通向真理大门的天然能力。哈贝马斯分析说，在古代，"理论生活方式居于古代生活方式之首，高于政治家、教育家和医生的实践生活方式……理论要求放弃自然的世界观，并希望与超验事物建立起联系"，"在现代意识哲学中，理论生活的独立性升华成为一种绝对自明的理论"，向"最终……把理论活动放到其实际的发生和应用语境当中，这就是唤醒了人们注重行为和交往的日常语境的意识。比如说，这些日常语境和生活世界概念一起要求达到哲学高度"。

从哈贝马斯的分析中可以看出，理论的先在意义的存在由来已久，且作用巨大，它构成了有别于经验世界的知识谱系。它将观念的力量通过逻辑作用放大，形成了观念的"逻辑先在性"，从而有效地抵抗了观念的"时间先在性"。有学者已经注意到时间先验性是经验问题，逻辑先在性是理论问题。就时间先在性来说，先有实践，后有对于实践的总结。换言之，没有实践活动，就没有理论的产生；就逻辑先在性来说，理论是指导实践的，先有观念，后有事物的创造。

如果这种理解具有合理性，文学理论的"创造本体说"成立，那么，文学理论话语还仅仅是满足于对文学世界的阐述吗？文学理论话语方式中肯定萌生了新质，并由这些新质促进和标示着语言方式中的理论品位，如何把握这些新质，肯定是文学理论话语方式研究中最有意义、最有价值的部分。

首先，语言并不仅是一种工具，文学理论话语也并不仅是言说文学规律的工具。长期以来，人们对文学理论话语的困惑（包括懂与不懂、理解与不理解），在很大程度上来自语言工具论的负面影响，的确，如果语言仅仅帮助我们言说了对象，表达了思想，达成了沟通，那么，语言永远处于被动地位，并不能显示主体存在的巨大意义。而事实上，在很大程度上正是语言的存在才使人类超越万物，有了更为可靠、更为明显的独立意义。换言之，是话语使言说者成为主体，具有主体的能动性，“因为，任何交流和创造都必须在语言中进行，也就是说，我们存在的世界是语言的世界，没有语言的世界是不存在的世界，如海德格尔所说，潘吉是存在之家……既然人是语言的存在，那么，在每一个个体存在之前已经有先于它的语言的先在了”。

个别主体如此，整个人类的共同主体当然也如此，它借助并依靠自身的言说来达成自己的存在和人性的提升。在文学理论领域，意识不到这一点，文论话语便会永远外在于理论家，当这一理论家试图驾驭话语实现理论构建时，弗雷德里克·詹姆逊所说的那种语言“打滑”和“漏油”现象就会出现。在此情况下，语言为对象耗尽了一切，但它自身的品质却难以显现出来。

因此，“尽管谈论关于分析工具的概念十分普遍，理解并不是一种可以被工具性地完成的操作”，米克·巴尔的这种看法，道出将文学理论话语视为工具的缺陷。换言之，我们如果仍然坚持将话语作为工具来使用，对它难以理解、无法把握是必然的，因为导致难以理解、无法把握的原因并不存在于言说者和接受者之间，而是存在于更深的层次之中，即这种话语方式作为工具所固有的先天不足。

其次，文学理论话语是一种阐释性话语，更是一种创造性话语，文学理论话语的阐释性（或日后释性），来自文学理论的科学本性，是文学理论作为知识和学问的集中体现，尽管将文学理论视为科学并不是文学理论历史中独一无二的看法，但承认这一点的人，往往十分重视话语的阐释功能，因为，他们总是坚持科学是从经验事实推导出来的知识。

运用这些知识的目的，在于构成更多的知识，使知识链条形成更为紧密的结构。于是，知识型文学理论话语的发现及探究使命大过了创造使命，韦勒克和沃伦也持这种看法，他们在《文学理论》中说：“我们必须首先区别文学和文学研究。这是截然不同的两种事情。文学是创造性的，是一种艺术；而文学研究，如果称为科学不太确切的话，也应该说是一门知识或学问。”显而易见，在这里，作为表达知识和学问的话语，文学理论话语方式正是离开创造性才形成自己的独立性，但显而易见的是，这并不是文学理论话语的全部内涵文学理论对文学本体的悬置和创造，如果不由话语创造来实现，那绝不可能还看其他方式。

文学理论话语的创造性当然与艺术的创造性不同，这种创造集中体现为在多种思考中提供新的思想方式，并通过它将人们导向一些新领域，获得一些新范畴，从而形成一些可以指导实践活动的新思想，它很可能从根本上改变人们曾经形成的思维模式，在理性层面上形成新的创见。关于这一点，可以引证乔纳森·卡勒的看法。他说："被称为理论的作品的影响超出它们自己原来的领域。"卡勒还通过分析德里达和福柯的理论得出结论："关于理论的两个例子都说明理论包括话语实践：对欲望、语言等的解释，这些解释对已经被接受的思想提出挑战……它们就是这样激励你重新思考你用以研究文学的那些范畴。"在这种理论化方式中，文论话语得以实践对文学本体的创造（它从观念上解决了"文学是什么"），从而也使文学理论具有了创造内涵。文学理论因之可以在某种意义上离开科学主义范围，获得鲜明而丰富的人文色彩。

最后，文学理论话语既有理论的普泛性，又具有话语的具体性。这一点也正是文学理论话语双向索求最终达成统一的结果。即文论话语一方面切合了对象世界，具有文学特性，另一方面又实现理论升华，获得了理性品质。需要指出的是，这种融合不是观念的预设，而是理论话语方式的实践作为，它在文学理论话语创造中有规律地被呈现出来，所展示的是一种不可抗拒的话语自主性，就像海登·怀特所说："当我们试图解释人性、文化、社会和历史等有问题的话题时，我们从来不能准确地说出我们希望说的话，也不能准确表达我们的意思我们的话语，总是有从我们的数据溜向意识结构的倾向，我们正是用这些意识结构来捕捉数据的。"

可见，主体在话语活动中获得了主体性，而一个在话语存在中形成主体的文论家，其作为主体，是一个内在主体，他的行为既是个体的又是社会的，用茨维坦·托多洛夫所引述的巴赫金的话来说，这个主体甚至"不仅是外在表达，就是内在表达都属于社会性范围，因此，连接内心的活动（能表达的）和外在客观（陈述）的方法，完全是社会方面的"。这就是一个自由主体的话语创造方式，他在理论表述的具体形态中，将历史和文化意义自觉融会在自然的、个性的言说内部，为这些言说增添厚度，并赋予它们特别的品质和内蕴。

总之，对文学理论理解的复杂性，使文学理论话语方式变得更复杂。最基本的矛盾是它只有成为一种文学理论的话语才能为人们所理解、所接受，但一旦成为这种话语，它必然就会远离其他话语，以及这叫话语后面庞大的社会群体，形成更为明显的文化区隔。在这种文化区隔之中，文学理论话语主体虽然得以成全自己的文化权力与优势心态，但附带的问题（也可以说更重要的问题）是，在这个区隔中所发生的一切增加了我们的疑惑，就像布尔迪厄所认识到的那样，布尔迪厄说，“揭示出知识分子的部族秘密之一是，学术话语之所以预设某种误解，其隐秘的功能是为了保障老师对于学生的优先性，或者说得更明确一点，是为了维护一种社会区隔，它其实往往只是自我指涉的一种语言游戏”，这样一来，理论话语的浑浊似乎永远难以澄清，包括布尔迪厄本人也不可摆脱认知与行为之间的背离，何况我们文学理论话语方式实在是一种需要长久思考的东西。

第二节　教育中的文学理论

一、与教学紧密相连的文学理论

在文学和文学理论研究逐步离开一统的言说方式，大力追寻多样化的后理论时代，探讨文学理论教材建设这种确定性色彩明显的做法具有特别意义，因为某种能够被称为理论的东西的存在，往往并不以趋新为根基，理论有自己的自律与自洽原则，也必有自己的基本形态。文学理论也不例外，作为一个公认的长久存在的学科，它的边界虽然确实在发生变化，但不可能没有确定的学科内涵与形态。

在中国当代，由于种种原因，文学理论（有时被人们称为文艺学）已经植根于大学课堂，它在这里获得知识增长基础，形成最为丰富的理论再生产机制。在某种程度上甚至可以说，文学理论几乎已经成为一门存在于大学课堂上的学科，在社会文化场景之中，它虽然频频亮相，却化为种种具体的言说方式，与理论自身的意义相去甚远。

因此，无论在中国或西方，无论在理论时代还是后理论时代，人们对文学理论的理解往往与教学相联系，很多体系化的文学理论著作，其产生往往以教材写作为动因，或者最终成为一本教材而形成影响大学的文学理论教材状态，几乎就是文学理论本身的状态，这些教材不断地出现，“从现代学科意义上讲，文学理论教科书的编写已经有近百年的历史，近百年来，人们编写了不下 250 部文学理论教材”，这应该还只是一个保守的估计，这些汗牛充栋的教材，成为文学理论生产的宏大见证，展现出学科建设的丰富性。因此，探讨文学理论教材建设，实际上成为完善文学理论学科体系的有效方式。在这方面，人们所做得不是太多，而是太少。

为学科而生产教材，用教材来彰显学科的知识领地，这是由来已久的学术事实，已经成为一种惯例，但是植根于大学教学中的文学理论，在它看似合理的这种存在方式中，其实产生并保存着诸多不合理因素，其中最为明显的是使教材过多服从学科，因而不能充分顾及教学对象的需要和接受能力，甚至也不能充分顾及不断发展的文学现实状态，体现出学院化的封闭与自足为学科的文学理论往往服从于某种先在的或预设的文学理论观念及理论框架体系，因此无论谁来写作，在何地（何校）写作、其状态总是大致相似，诚如叶舒宪所说：“当事者难以超脱和超越自己的学科专业，滋生出一种根深蒂固的学科本位主义心态或者学科自闭症，其症状表现有：不但不能有效地自我反思和批评，而且会放任和纵容学科本位立场的知识生产制造加无限地自我重复的产品——千人一面的文学概论、美学原理与中国文学史（据统计，百年来由文学研究界生产出的形形色色的中国文学史类书籍已经多达 1600 余种），如果没有一种根本性的学科合法性反思运动，自我复制式的重复生产格局还会惯性蔓延下去，并且愈演愈烈，积重难返。”

应该说，文学理论领域的这种状态尤为突出，几乎每年都会有新的教材产生在进行这种重复的教材编写时，大家由于服从了一个形而上的观念或者结构而并无不安。乔治·基迪写道：“这种形而上学的结构是理性的：它所拥行的形式可能是被某个理性安排者给予的，尽管在这个系统内并没有设想任何安排者形式的结构被理解为在每个内涵中都内在地具有种属联系。”

在很长时间里，人们认为这种方式合乎文学理论的生产规律而广泛运用关于文学理论的生产规律，沃尔夫冈·伊瑟尔在《怎样做理论》中概括道：“每一种文学理论都把艺术转变成认知，而这需要搭建一个基本框架，它从一个假定的前提出发，在其之上建立了一些结构，服务于特定的功能，该功能的实践通过特定运行来组织。”

从学习者的角度看，文学理论似乎在不断膨胀，有时甚至变得混杂而繁复，失去了理论应有的简约、清晰、明澈，它仿佛“奥吉亚斯牛圈”那样充满了许多不相关的东西。毫无疑问，这是文学理论体制化的一个结果，它以学科的增值为表象，实际上发生的却是学科理论形态的板结，这种情况不仅中国存在，西方亦然。关于这一点，美国理论家杰拉尔德·格莱夫曾说："在文学研究被集中于大学的那整整一个世纪里，这一停滞的过程变得如此漫长，以致今天的有些研究者把它看成官僚政治式的制度化所造成的不可避免的结果，这一诊断似乎常有过分浓厚的宿命论色彩，但它强调了一个在思考文学理论的未来时需要涉及的问题：一方面，停滞的循环说明了对理论的呼唤为何经久不息的原因；另一方面，由于每一种新的理论反应都已被制度化，因而连自身也保不住，也被卷进那停滞的循环之中，如是又导致新的理论思考的爆发，到头来它又被吸收同化，被惯例化。"可以说，作为学科的文学理论与作为教材的文学理论交杂在一起，必然形成当事者无法左行的这种结果。

二、学科特性与教学实践的矛盾

在文学理论领域，需要一种将学科建设与教材建设分开的观念，尽管做起来可能十分困难。文艺学作为中国语言文学一级学科下面的一个二级学科，具有特定的学科定位和知识体系，需要运用理论方法和逻辑思维进行探究，某些决定着这个学科存在的根本问题，如什么是文学、什么是文学理论等，具有变动不居但又并非空洞无据的内涵，需要不断对之进行深入解析与定义。因此，理论形成了自己的逻辑扩展力量。换言之，作为学科的文学理论总是存在着自我拓展的研究空间，其理论活力由是而生。

关键是这一切对文学理论的学习者意味着什么？一般的理解是，应该由完整的学科理论知识对学习者提出要求，而不是与此相反，因为你要学习的是一门已存在着的学科，因此，将学科知识越完整地交给接受者，理论主体的成就感就越强烈这种观念正是推动文学理论学科知识与文学理论教材不断结合的一个强大力量。然而，从人才培养实际出发，有时决定着学科的根本性问题，以及十分专业化的研究思路与方法，事实上并不是各类学习者一致需要或者必须掌握的，比如什么是文学，如果连从事研究的学者都觉得这是一个变化着的难有定论的问题，需要专门的研究来完善，那么，要在教材中写清楚并要求初学文学理论的大学一年级学生加以理解和掌握，可想而知难度巨大，结果往往事倍功半。学科、专业本位的客观效果是压缩了学生自主学习的选择空间，大幅度削弱了学习主动性。在教学实践中，它带来的直接影响是加大了学科对教材的制约其结果，以文学理论为例，即使在大学本科汉语言文学专业（它培养的并不是专门的文学理论人才）中，学生也必须学习专门化的（或学科化的）文学理论，为这种学习而编写的教材，成为大学文学理论的主要部分。这些教材往往从探讨文学是什么入手，延及文学的功用与价值、文学乃至文艺学的边界、文学的发展前景等充满变化与争议的领域，其中关于文学的基本知识与文学理论知识这两类不同范畴的东西也很少得到有效区分。

总之，文艺学丰富的知识体系及观念、方法等已经进入了教学领域，完成了学科知识体系的自我建构。在这些积极成效后面形成的，却是文学理论教材与教学对象之间不可避免地发生了更大程度的分离，虽然这一弊端今天已经越来越多地为人所认识，但现实变革来得十分缓慢。

分离的直接后果是使人对文学理论产生了空泛与脱离实际的印象，在大学本科阶段，说到文学理论，人们常有敬畏之心。作为一门重要的汉语言文学专业基础课程，文学理论本来具有鲜活的理论生命力，它的抽象思维所构成的理论特质应该具有启发心智的巨大作用，但在实际中却难以得到展示。分离的另一个后果是，从文学理论学科发展的角度来说，由于文学理论与教学过程紧密相连，教学化的理论状态反过来对学科发展产生制约。“在大学人文学科中，似乎有这样的情形：一旦方法上的改革以一批互无关联的领域、大纲和课程的形式制度化了之后，不仅最初引起这场改革的那个理论被人遗忘，最后连这场改革曾有理论卷入这一事实也被人抛至脑后。”可见，教学对学科建构所产生的这种惰性，与它所起的积极作用一样明显。

因此，分而治之实为必要之举。事实上，作为学科的文学理论有赖于深入研究来维系其生长活力，它通过增强文化现场的话语权来证明其价值，这项工作只能由专门的研究者来完成，就像拉曼·赛尔登所说：“（文学）理论似乎是一个相当深奥的专门领域，只有文学系的少数人关注它，而这些人其实是哲学家，不过冒充文学批评家罢了。”而作为教材的文学理论需要教学过程来展示其理论活力，它通过促进接受者的文学理论能力来实现其价值，在这里，作为学科的抽象的文学理论进入教材，应按照不同接受群体的需求和特点进行重新编排、整合，而不是保持着原有的学科知识状态，不是越深奥越好、越全面越好。作为教材的文学理论，既受文学理论学科的制约，又必须形成有利于学习者接受的特点，双向的制约使它只能是有选择的文学理论，适合于人才培养的文学理论，因而，学习者的知识需求和能力状态应该发挥更大的支配及影响作用。

三、知识、方法与思维

作为学科的文学理论，其学科特质体现在三个层面，那就是知识、方法和思维，三者互相呼应形成一个有机整体，但在文学理论教材的编写中，应根据人才培养需要有侧重地加以选择和突出，所谓知识也就是常识化的理论，是可以通过易于学习的方法解决的问题，或者就是已经被解决了的并且达成共识的问题文学理论的知识体系，主要是相对于整个文学世界而建构起来的，是关于文学的系统化的理性认识。文学常识不包括那些难以确定的有待进一步研究的根本问题，如文学是什么、文学的基本价值等，在今天的文学理论领域中，诸如文学创作的一般过程和基本方法、文学文本的基本结构和特点、文学体裁及分类、文学语言及其技巧、文学形象的优劣、文学的风格特色，以及文学鉴赏和批评的一般过程及方法等，都已经化为文学的基本知识。在运用这些知识的时候，虽然离不开相应的文学理论方法与思维，但总体上看更倾向于一种技能和技巧，一般人通过学习和训练，可以有效掌握它们，从而提高对文学的知解能力。

文学现论的方法是基于对文学理论整体的认识所形成的研究文学问题的方法，它超越文学理论常识构成的最明显的地方在于，它对文学和文学理论重要的基本问题有深入探究的清晰视界和有效理路，可以带来文学理论学科的知识增值与扩容。因此，掌握文学理论方法的人应具有对文学理论本身的自觉，他们要追问的不仅是“文学是什么”这类文学本体问题，更重要的是，“文学理论是什么”这类文学理论本体问题在这个意义上，可以肯定地说，文学理论的方法中包含了深刻的理论特质，它甚至就是文学理论的“理论表达方式”，是使人们通过文学理论基本形态抵达文学理论内质的主要方法。如果我们仅在一般意义上理解文学理论方法，而不涉及文学理论本身，那么，所谓方法实际上就是被抽空了文学理论的价值，“就意味着它可能面临两种结局，一是不断地泛化，成为无所不能的无能；一是不断地工具化，在事物的表面摩擦，而无法抵达本体之根”。理解和掌握这种方法，是从事文学理论研究的专门人才必须具备的起点性的观念和能力。

众所周知，文学理论的思维是一种逻辑化的抽象思维，但在这里指的是，这种逻辑思维在文学理论思想、观念和学派建构中的具体方式，譬如探究“什么是文学”，也许永远不会得到一个人人都认可的定论，但却可能随时产生某种合乎逻辑的、能自圆其说的定论，中外文论史上的不同文学理论学派就是建基于这种独特思维之上的流派。这些流派使普泛的理论思维抵达了具体的理论场域，创造出一套新的理论话语。这些理论学派的价值不在于彻底取代此前的其他理论学派，而在于寻求与之不同的文学阐释角度和阐释方式，区别与创新是它们所致力的理论重心，因此，它们的出现丰富了文学理论的整体格局，为人们进入芜杂多样的文学世界提供了一条条新路径，使人们得以在相同的文学现象中看到多种不同的文学新景致。文学理论的思维层面所要探究的是有关这些流派的产生与发展的规律，它们走向终结的原因和方式，其中所包含的理论意义，以及在历史和时代背景之下所体现的文化价值等问题。只有在这个思维层面之上，我们才能洞悉文学理论的更多奥秘，形成全景式开阔视域，才能达到真正的理论高度，获得理论创新的启示与可能。中国的学派化文学理论的建立，正有赖于这样的理论思维的建构。

应该说，作为一种成熟的文学理论，上述三个层面会紧密结合在一起，构成文艺学学科的整体格局。我们很难执其一边分论其一，单独突出某一方面的重要性，更不能仅就某一方面形成突破以获得可喜的理论成果。具有话语力量的高品位文学理论也只有在这三个层面的有机结合中才能形成。但是，我们如果离开文学理论学科本位，从教材角度思考文学理论建设问题，可以肯定，这三个层面不但可以分而治之，而且必须分而治之。因为，接受者的基本状态才是教材和教学都必须考虑的重要因素，否则违背循序渐进规律，理论传承的链条将出现混乱或断裂。循着这个思路，根据人才培养的主要层次，我们可以得出文学理论教材编写准则的基本结论，即为汉语言文学专业本科学生编写的教材应以知识型文学理论为主，为文艺学硕士研究生编写的教材应以方法型文学理论为主，为文艺学博士研究生编写的教材应以思维型文学理论为主。

而对于文艺学硕士研究生和博士研究生的文学理论教材，则必须进一步提升质量和档次，硕士研究生应侧重训练文学理论研究方法，要达到这个目的，必须使学生对文学理论本身有深入的了解和理解，使其掌握文学理论的理论，达到理论的自觉状态，在观念自觉的基础上方能知悉方法，明确理路。为此，应该重视基于厘清文学理论基本形态的文学理论教材的编写。

目前，在一些大学的硕士文艺学专业的教材和教学中，这是一个十分薄弱的环节，我们很难想象，对文艺学基本形态缺少明确认识的研究生能够成为掌握文学理论方法、具有研究能力的人才。与此相类，文艺学博士研究生的侧重于思维训练的文学理论教材也应该得到更多重视，这是通向理论创新的台阶。在西方文学理论中，诸如伊格尔顿的

《二十世纪西方文学理论》，佛克马、易布思的《二十世纪文学理论》，乔纳森·卡勒的《文学理论》，韦勒克、沃伦的《文学理论》，安德鲁·本尼特尼古拉斯·罗伊尔的《文学、批评与理论导论》，拉曼·赛尔登、彼得·威德森、彼得·布鲁克的《当代文学理论导读》，查尔斯·价莱斯勒的《文学批评：理论与实践导论》等著作，皆对该类教材的建设具有启示意义。中国特色的学派化文学理论的产生，有赖于更多体现上述思维特点的教材和教学的熏陶。我们相信，出自中国学者之手，并充分突出思维特征的高层次文学理论教材的产生，将带来高层次文学理论人才的产生，同时，它也将有力证明中国当代文学理论建设达到令人欣喜的高度。

四、学科定位与学科特点

（一）学科定位

研究文学及其规律的学科，在总体上，人们将之称为“文学学”，中国人习惯将之称为“文艺学”。其实，文艺学本是一个内涵更为丰富、外延更为宽广的概念，用它来代称“文学学”是大词小用，并不仅仅是使用习惯导致的误置，其中包含着特殊的当代文化原因。如果分析这些原因，可以发现中国现当代“文学学”建设中的许多不合理、不科学的因素。但这不是本书必须涉及的，在这里要强调的是，我们在观念上应将这个含义等同于“文学学”的“文艺学”概念，理解为狭义文艺学。

文学学（或者狭义的文名学）包括三大分支，它们是文学理论、文学发展史和文学批评，虽然文艺学的三大分支都是以古今中外一切文学活动、文学现象为研究对象，但三者研究的具体视角、具体方式和目的任务等方面各不相同。文学发展史是从历史的视角，按历史顺序，选择某一特定时空的文学现象作为研究对象，力图完整、扼要地总结、展示某一国家、民族、地区的文学状况，揭示文学继承和发展的基本规律。文学批评，主要针对现时的具体作家、作品、文学思潮、文学运动，通过对以作品为中心的文学现象进行分析评价，总结其中的成败得失，从而启示作家进行更成功的文学创作，引导读者正确理解文学作品，从某种意义上看，文学批评和文学发展史都需要对文学现象进行具体研究，都要分析个别的文学现象，两者在分析考察的深入程度和分析研究的侧重面会有所不同。

一般来说，文学发展史相对要宏观一些，而文学批评则更为微观细致，文学理论也要面对具体、感性的文学实践，但是作为理论，文学理论是对文学实践经验的总结、概括，要从具体、感性的文学实践中发现具有普适性的要素，并在一定的哲学、美学思想的指导下，经过高度的理论概括，形成一整套的理论体系，以此来揭示文学活动的本质和规律。相对文学发展史和文学批评，文学理论是抽象的，它离开文学现象，用概念、术语、原理等建立起一种系统化的、关于文学的理论知识体系和分析方法，文学学学科内部的三大分支虽然有各自不同的研究方法、任务和功能，但是三者始终保持着密切的关系，文艺理论指导和制约着文学批评和文学史的研究，文学理论本身又必须建立在对特殊的具体的作家、作品和文学现象的研究基础上。也就是说，文学理论的建立离不开文学发展史和文学批评，三者是相互依存、相互促进的关系。

对此，韦勒克在《批评的诸种概念》一书中说："它们之间的关系是如此密切，以至于很难想象没有文学批评和文学史怎能有文学理论；没有文学理论和文学史又怎能有文学批评；而没有文学理论和文学批评又怎能有文学史。"这种关系具体体现出来，也就是"一个批评家的文学观点，他是艺术家和艺术品优劣的划分和判断，需要得到其理论的支持和确认，并依靠真理论才能得到发扬；而理论则来自艺术品，它需要得到作品的支持，靠作品得到证实和具体化，这样才能令人信服"。文学理论的价值和作用，正是在它又一次回到文学实践层面上才得以充分展现的。

总之，文学理论给文学史研究和文学批评以理论为指导，提供理论基础；文学史研究文学的发展历史，文学批评主要评论当前的文学活动。它们从生动、活泼的文学实践中总结经验，丰富和发展文学基本原理，使之免于停滞和僵化，成为不断发展、变化着的知识体系。

通过以上分析，我们知道，文学理论与文学学内部的其他两大分支之间存在着密切联系。就文学理论本身而言，它又有自身的基本结构，由于文学理论是在古今中外对文学由浅入深、由简单到复杂的认识基础上逐步形成发展、完善的。在普通高等学校汉语言文学专业的学科体系中，文学理论一般又被拆分为以下课程：中国古代文论、西方文论、马列文论和文学概论等。这里着重说说文学概论。文学概论是最基本的文学理论，是以人类社会一切文学现象为研究对象，汲取古今中外文学理论的精华，用马克思辩证唯物主义和历史唯物主义方法，从普遍意义上全面、系统地阐明文学的性质、特征和基本规律的一门基础理论学科，文学概论又可称为"文学的基本原理"或者"文学理论基础"。

它代表着文学理论最基本的状态，它的体系和框架，是文学理论作为学科的最典型的证明，在某些特殊时期，它甚至会成为文学理论的代名词。

可见，在文学理论自身构成中，文学概论的重要性不言而喻。

（二）学科特点

1. 抽象的思维特性

理论是对研究对象系统化的理性认识，现论的建立过程其实就是对现象的抽象过程。文学理论是文学实践的理论概括，是对隐藏在纷繁芜杂的文学现象中的文学规律的总结，思维的抽象性因此必然成为文学理论最重要的学科特点。也就是说，文学理论展示给我们的所有概念、命题、原理都是在对众多文学作品和文学现象进行分析概括之后抽象出来的，是逻辑思辨结果，它不能不抛弃大量感性的东西，它不能不远离具体的文学现象，即使所举的例子也是高度概括化的。文学理论的抽象思维特性使其能够超越对文学现象的具体化的批评、阐释，能够高屋建瓴地归纳总结文学活动的本质规律。但是，文学理论本身的抽象性不应该成为疏远自身研究对象的借口，既然文学理论是对文学活动系统化的理性认识，它只能来自时文学活动的感性认识，是在对文学现象进行感性认识的基础上，经过理论主体的思索，将丰富的感性材料进行去粗取精、去伪存真、由此及彼、由表及里的加工处理的结果。对文学的感性认识应该作为文学理论抽象思维的整实基础。

2. 有机的话语体系

每一门理论学科的形成都有其历史发展过程，这个过程一般会使其成长为一个有机性联系严密的学科体系。所谓有机性，是指该学科与其研究对象与其赖以产生的社会现实、历史文化保持着深刻的、合理的必然联系，并能随对象及时代的变化进行自我调整。今天，文学理论应该获得这种有机的话语内质。

与此同时，文学理论本身还具有严密的逻辑性和整体感，体现出有力而又活泼的论述力量，并且，它一般不会随意地生硬搬用，套用其他理论中的某些部分，对自身做可有可无的填充。可以说，文学理论话语体系的有机性、逻辑性正是其作为理论学科生命力的体现。文学理论话语的有机性，是由其研究对象的有机性促成的。文学是什么、文学写什么、文学怎么写、文学什么样、文学有何用，这都是文学理论必须研究、必须给予解答的基本问题，与这些多元问题对应就形成了文学理论中各部分之间的彼此关联，可以使文学理论本身成为逻辑性极强的话语体系。

3. 活泼的实践品格

一切理论都是对人类实践经验的概括和总结，文学理论作为人们对于文学性质、特征及其规律的系统认识，也是在文学实践的基础上产生的。可以这么说，没有文学实践就没有文学理论，文学理论的产生和发展肯定需要文学实践为它提供鲜活的材料与直接动力。

文学理论的实践性表现在两方面：首先，诞生时的实践性。理论不是凭空产生的，不是理论家空想、假想、杜撰出来的，文学理论是对大量具体的文学作品的归纳总结。先有文学活动的实践，然后才会有文学理论的概括。其次，检验时的实践性。“实践是检验真理的唯一标准”，真正科学的文学理论必须经得起文学实践的验证，被文学实践否定的文学理论无论它是多么炫人耳目，也没有任何理论价值，文学理论的价值只有在实际运用中才能被更好地显现出来，文学理论必须不断在文学现场中发出声音，使一个时代的文学姿态得以明晰显现。由于依凭了实践的力量，文学理论本身总是随着文学的发展而发展，永远处在变化更新的过程中，体现出活泼的实践品格。任何时候，文学理论一旦僵化，便会失去文学理论的资格。

第九章　文学理论教学基础论

教学是大学的一项最为基础的工作，对教学进行研究是大学教师的一项义不容辞的责任。但是在不同类型的学校中，对教学研究的重视程度各不相同，有些大学实际上并不重视教学和教学研究，因此有必要学习一些与大学教学相关的基本教学理论，分析大学教学的一些特点，为我们进一步分析文学理论的教学、进行文学理论教学研究打下坚实的基础。

第一节　教学的基本理论概述

一、教学的概念

古今中外的教育学家和有关教育论著对教学的概念有各种不同的定义。对于这些分歧，作为一部研究文学理论及其教学的书，我们没有必要详加考证。我们现在所要做的只是讲清目前普通教育工作者所应理解的含义，特别是本书所使用的定义。

早在殷商时期的甲骨文中就出现“教”与“学”二字。此后“教”“学”二字的含义不断为人所认知，到了《礼记・学记》就有了“教学相长”之说——“学然后知不足，教然后知困。知不足然后能自反也；知困然后能自强也。故曰：教学相长也”。这里所说的“教学”已经接近目前教学的意义。

一般情况下，教学就是指教的人指导学的人所进行的学习活动，或者说是教与学相结合或相统一的一种活动。也有人说，教学是教师与学生以课堂为主渠道的交往过程，是教师的教与学生的学的统一活动。通过这个交往过程和活动，学生掌握一定的知识技能，形成一定的能力态度，人格获得一定的发展。

前一种说法中“教”的人不一定是指教师，但是主要是指教师；“学”的人也不仅限于学生，但主要是指学生，这样的解释有利于将教学的概念理解得更加宽泛一些。

后一种说法则显得更具有现代意义。把教学活动理解为一种对话交往过程，包含如下含义，即教师与学生是一种“交互主体关系”，“交互主体”在这里的意思是指，在教学活动中教师和学生均是教学过程中的主体。教师“闻道”在前，知识、经验、技能均在学生之上，因而负有教导、组织、咨询、促进之责，是教学活动的主体；但是学生在教学活动中人格与教师应是平等的，有自己独特的精神世界和价值观念的，在教学活动中也应积极参与全身心投入，否则教学活动将难于开展，因此也是主体。这两个主体在教学过程中结合成持续发生作用的共同体，彼此开展交流和对话，使教学活动得以顺利进行。

本书所说的教学是把它看作教育者与学习者之间通过“教”与“学”的活动联结起来的交流对话活动。

二、教学活动的诸要素

教学活动是一个由多种要素构成的有机整体。有的人认为它主要由五个要素组成，即教师、学生、教学内容、教学方法和教学管理。教师在教学活动中起主导作用，依据学生的身心发展规律和个别差异，通过创设、调控、利用一定的教学条件，充分调动学生的学习主动性、积极性和创造性，使教学活动达到最佳的效果；学生则是学习的主体，教学过程的最终目的是促使学生德、智、体、美、劳各方面都得到发展；教学内容是教师的“教”与学生的“学”的基本依据，是教学过程得以展开的载体；而教学手段和教学管理既是教学过程的重要因素，又是影响教学过程、提高教学效果的重要保证。也有人说教学活动由七个要素组成，分别是学生、教学目的、教学内容（课程）、教学方法、教学环境、反馈、教师。这种说法认为学生是学习的主体，是整个教学活动的切入点；教学目的也就是为什么要组织教学活动；教学内容是实现教学目的的凭借，是教学活动中最具实质性的因素；教学方法是把课程内容转化为学生的知识、能力、思想、感情的因素；教学环境是指完成教学活动的一定的时空条件，包括有形的校园，内外的条件，无形的师生之间、同学之间的人际关系，校风、学风、班风及课堂气氛等；反馈是教学活动中师生沟通的一种渠道；教师既是教学活动的中介，也是教学活动的主导，上述两种说法各有其道理。不过笔者主张将教学活动的诸要素分为教师、学生、教学内容、教学方法、教学管理。

三、教学活动的基本特点

关于教学活动的基本特点，目前有多种说法，而且，不同阶段的教学，其特点和侧重点也各不相同。但是从更高层次上讲，我们可以把教学看作是一种有别于其他社会实践活动的特殊活动，这样就需要特别注意下面几方面的特点。

1. 教学的目的、任务、内容受制于社会的需要。学校教学的目的、任务和内容是由一定的社会的政治、经济制度等多方面因素决定的。学校要培养什么样的人，要达到什么样的培养目标，通过怎样的方式去实现培养目标，都受到社会需要的制约，同时所有这些也要受到社会生产力发展水平和科技文化发展状况的影响。此外，社会的文化价值等因素对教育、教学也会产生相应的影响，这些都是被教育发展的历史证实了的。

2. “教”与“学”相互作用，相互影响。在教学活动中“教”与“学”相互促进，相互影响。所谓“教学相长”就是一个早已为人所共知的常识。按照传统的教学观认为教师在“教”的过程中可能起到决定性的作用，对学生产生巨大的影响，但是“教”必须以学生的主动学习为基础。学生的“学”是“教”的目的和归宿，知识的建构也好，知识的掌握也好，归根到底都要落实到学生那里。因此学生的“学”对教师的“教”所产生的影响就不能不重视，特别是在现代社会中学生的主体意识不断加强，获得知识和信息的渠道不断增多，获取知识的能力不断提高，在学生对教师的选择上自主性更强的情况下，这种影响会越来越大。

3. 教学的效果取决于教学诸要素的合力。与其他一些可以预测其最终结果的活动不同，教学中的效果的出现更具有许多不可预测性。比如工厂的生产，从原料到最终的产品，其可预见性是比较明确的，但是教学效果的分析与预测则复杂得多。同一个教师在同一条件下教授同一内容，对不同的学生会产生不同的效果；不同的教师在不同的条件下教授不同的内容，对不同的学生所产生的结果更是难以预测，因此其复杂性与不可预测性可见一斑。可见教学效果的评估需要考虑教学中的多种因素，如教学的内容、方法、环境以及教师、学生等，都可以对教学活动产生极大的影响。因此必须妥善处理各种要素之间的关系，全面把握好各个要素，不能偏废任何一个要素，也不能顾此失彼，既要考虑教师、学生的状况，也要顾及教学的环境、方法等，否则就不会有很好的教学效果。

四、教学活动的基本功能

教学活动的基本功能概括起来有如下几种。

1. 传递知识的功能。人类文明和知识的传承靠的是薪火相传。在教学活动中，教师的首要职责是传递知识，这是毫无疑问的。对于学生而言，尽管目前获得知识的渠道越来越多，但是大多数知识依然是通过教学活动获得的，因此教学活动的基本功能就是传递知识。

此外，教师的教学主要围绕教材来进行，而教材的知识含量之丰富，是其他任何工具都无法比拟的。因此从工具的使用来看，教学传递知识的功能是非常强大的。

2. 形成技能的功能。传递知识与形成技能是统一的，两者互为表里互相依存。比如在传递知识的时候，实际上也教给了学生一些积累知识的技能。此外，有时候技能的形成也要通过课堂教学的方式加以训练方能实现，中小学如此，大学也是这样。比如现在许多高等院校安排大量的实习实训课程，其目的就是培养和造就学生更高的技能。

3. 培养智能的功能。智能的培养也是教学的一项重要功能。传授知识、形成技能固然重要，但是智能的培养也不容忽视。有时靠机械的方法获得知识，也可能使人形成某些技能，但是这个人未必有很好的智能，因此如何在教学活动中培养学生的智能已经成为当代教育理论研究的重要内容。事实上在教学中通过一定的手段训练学生的智能，使学生掌握一定的思维方法，提高解决问题的能力，也是十分重要的。

4. 发展个性的功能。当今时代是一个追求个性化的时代，当代的教育十分重视学生个性的培养。学生的知识、技能和智能固然是形成独特个性的基础，但是思想品德、价值观念、情感、动机、态度、意志等因素对学生个性的形成也有很重要的影响。因此通过教学活动改善学生的知识、技能、智能结构，培养学生良好的思想品德，使学生形成正确的价值观念，改变其情感态度，培养其良好的意志品质，完善其个性，这也是教学的重要功能。

第二节　教学与大学教学

一、大学教学的特点

大学教育教学与中小学教育教学不同，它是在完成了中小学基础教育的基础上开展的以专业教育为主的教育活动，它的培养目标是把适龄学生培养成为各级各类的专门人才。所以有的学者主张将高等教育定位为高深专门知识的教与学，认为高等教育学的理论体系的逻辑起点就是高深专门知识的教与学。大学教学与中小学的基础教育的教学相比有其不同的特点，归纳起来有如下几点。

（一）大学教学的专业化程度不断提高

大学教育从根本上讲是一种专门化教育，其目的是培养社会所需要的各类专门人才。从高等学校的类型来看，过去我们有不少专门性的学校或学院，尽管近年来这类院校逐步改造，数量在减少，但是，实施专业化教育依然是大学的一个重要特征。大学教学主要是围绕专业展开的，并且随着年级的提高，专业化程度不断加强。这与中小学注重基础，课程所包含的内容极为宽泛的特点不同。

（二）学生学习的独立性、自主性和创造性逐步加强

如果说中小学的教学主要是围绕教师、教室、教材来进行的话，那么大学的教学则显得更加灵活、自由，学生学习的独立性、自主性也更强。因为在大学阶段，由于有中小学学习的基础，学生已经拥有了一定的知识积累，掌握了一定的学习方法，对教师的依赖程度有所减弱，学生能够自主学习，独立完成学习任务，也更能表现出更强的创造性。不少人的创造性就是在大学的教学中形成的。

（三）教学与科学研究逐步结合

把科学研究引入教学是大学教学的一个重要特点。尽管目前中小学也在提倡研究性学习和教研，但是无论其规模、深度都无法与大学相比。由于大学生的知识积累、研究能力等诸多方面比中小学生有优势，大学的学习、研究条件以及教师的影响、指导能力等一般都要比中小学强，所以长期以来许多院校一直把推进教学与科研的结合作为提高教师的教学水平、加强学校的专业建设、改善学校的教学质量的重要方式加以推广。

二、大学教学的原则

教学原则是为了提高教学质量，根据教学目的、教学规律和教学实践提出的能够指导教师的“教”和学生的“学”的基本准则。教学原则的研究在中西方教育理论史上是一个比较热门的话题，许多教育家对此都做过专门的论述。

（一）国外比较有名的大学教学的原则体系

1. 凯洛夫原则体系

（1）直观性原则。

（2）巩固性原则。

（3）系统性原则。

（4）量力性原则。

（5）自觉性原则。

2. 布卢姆原则体系

（1）面向全体学生原则。

（2）教学目标主导性原则。

（3）教学目标体系完整性原则。

（4）措施与目标紧密对应原则。

（5）教学的针对性原则。

（6）教学评价的教育性原则。

（7）及时反馈矫正原则。

3. 布鲁纳的原则体系

（1）动机原则。

（2）结构原则。

（3）程序原则。

（4）反馈原则。

（二）我国几种比较有影响的大学教学的原则体系

1. 潘懋元和王伟廉教授关于大学教学的七条原则。

（1）教学性与思想性相结合的原则。

（2）知识积累与智能发展相结合的原则。

（3）理论联系实际的原则。

（4）教学与科研相结合的原则。

（5）系统性与循序渐进的原则。

（6）因材施教与统一要求相结合的原则。

（7）教师的主导性与学生的主体性相结合的原则。

2. 李定仁教授主编的《大学教学原理与方法》则提出了十一条原则。

（1）科学公正原则。

（2）把握方向原则。

（3）联系实际原则。

（4）知能并重原则。

（5）师生协调原则。

（6）教研结合原则。

（7）启发诱导原则。

（8）系统有序原则。

（9）因材施教原则。

（10）鼓励创造原则。

（11）及时反馈原则。

3. 李秉德教授主编的《教学论》中提出关于大学教学的九条教学原则体系应有的九个内容。

（1）教学整体性原则：实现思想性与艺术性的统一；科学性与人文性的统一；传授知识与发展智能及培养非认知因素的统一；实现身心发展的统一；实现教学诸要素的有机配合。

（2）启发创造原则：激发学生的学习动机，树立创新意识；全面规划教学任务，培养思维能力；创设问题情境引导学生积极思考。

（3）理论联系实际原则：加强基本理论和知识的教学；根据学科内容、任务及学生的特点，正确恰当联系实际；采取多种有效方式，培养学生运用知识的能力；教学内容要重视乡土教材的补充。

（4）有序性原则：把握好教学内容的序；抓好教学内容的序；抓好学生学习的序。

（5）师生协同的原则：树立正确的师生观，建立新型的师生关系；教给学生学习方法，提高学生主动参与教学活动的积极性；生动活泼地进行教学，创设民主、和谐的课堂气氛；进行平等的对话促进师生的交往。

（6）因材施教原则：深入细致地了解和研究学生；把因材施教与统一要求结合起来；正确对待学生的个别差异；针对学生的个性特点，采取具体的不同措施。

（7）积累与熟练的原则：教师讲授知识清晰而深刻，帮助学生提高记忆效率；多给学生联系和运用知识的机会。

（8）反馈调节原则：教师善于通过多种渠道及时获得学生学习中的各种反馈信息；教师对获得的反馈信息及时进行评价，并对教学活动做出恰当的调节；培养学生自我反馈调节能力，提高学习的主动性。

（9）教学最优化原则：综合规划教学任务；全面考虑教学中的各个因素；教和学的活动紧密配合。

（三）应特别注意的大学教学原则

上述关于教学原则的主要观点，有的是教学规律，有的可以理解为教学方法，有的符合各个层次的教学，也有的只是对高等教育说的。我们认为大学的教学原则应该考虑一般的、与其他层次教育的教学相一致的原则，如科学性与思想性相结合的原则、因材施教与统一要求相结合的原则、把握方向原则、理论联系实际的原则、知能并重的原则、师生协调的原则、启发诱导的原则等之外，还应当充分考虑大学教育的特点，突出一些只有大学教学才会有的特殊东西，把它提炼为一种指导教学的原则，因此以下几点应该是需要特别注意的。

1. 更加重视教学与科研相结合的原则。教学与科研相结合是大学教育和教学的重要特点。学校的层次越高，办学水平越高，对科研的重视程度也就越高，这是众所周知的。如本科大学比专科学校更重视科研，重点大学比一般大学更重视科研，研究生教育发展得好的学校比发展一般的院校更重视科研；相应地前者的教学水平往往比后者高，有的甚至高出很多。其实道理很简单，大学毕竟是传授和研究高深知识、培养高级人才的地方。科研活动与教学过程结合起来。不仅是培养高级人才的需要，而且把科研引进教学，可以大大提高教学的实际效果，让学生在接触更新的、更前沿的知识的同时，掌握科学研究的方法，培养学生的科学精神和态度，形成一定的科研能力，促进科学研究的发展。

2. 注重教学内容的学术性原则。有人认为大学也应该注意学科课程的综合性，这固然有一定的道理，但是大学教学毕竟与中小学不同。注重综合性并不是大学所特有的，事实上中小学更加重视综合性。一门自然课程既可以包括生物、化学、地理；一门社会课程既可以包括哲学、历史，也可以涵盖社会人生的诸多方面。反过来，在大学尽管也重视基本理论的教学，重视综合性课程的设置和教学，但是更重视课程的学术色彩，更强调课程的深度。越是水平高的教师，就越能够将更深的、更有学术含量的知识教给学生。

3. 更加注重讲述思路和方法的原则。由于是基础教育，学生的知识水平不高，因此中小学教学必须更加重视知识的传授，传授知识是基础教育的第一任务。但是到了大学则应该重视思路和方法的教学，一般的知识传授反而变得不是那么重要。如中小学在讲作家时，介绍其生平、作品，要求学生识记一些代表性的东西。大学教学显然就不能停留在这个层面上，而应更加注重如作家的创作个性、风格、在文学史上的地位，以及形成这种个性、风格和他之所以能够在文学史上占据一席之地的原因等这些问题。在讲解某一个理论命题的时候，不仅要讲清这个命题的内涵、要点，更重要的是要讲清理论家在提出这个命题时是怎样的一种思路，为何要提出这样一个命题，这一命题在当时和以后有什么样的影响，具有什么样的历史意义和现实价值等，甚至还要从理论家的思想发展变化的轨迹中让学生得到某种启迪。所以有时候我们常说，大学应该教一些学生不容易看懂、读懂的东西，讲一些学生不容易想到的东西，讲一些书上没有但是又与主题密切相关的东西，讲一些教师自己的见解想法和理解，甚至是推理、估计、设想等，以便尽可能将学生带到这个学科或这门课程的前沿，让学生在新的起点上开始新的思考和研究。

4. 积极提高学生的参与程度，注重培养学生的创造性原则。不管是中小学教学还是大学教学，都要充分将教师的主导作用与学生的主体作用相结合，这是毫无疑问的，但是在中小学教学中，提高学生参与程度的办法往往是通过一些简单的提问来完成；而在大学教学中教师的主导作用主要是通过引导、点拨的方式来发挥，学生的主导性是通过更加独立的、自主的、带有研究性的学习方式来实现。大学教学中高度动员学生广泛参与教学和科研活动，不仅仅是活跃课堂气氛的需要，更重要的是能够启发学生的思维，留给学生更大的思维活动的空间，让他们有问题可想，有材料可看、可读、可思考，有时间去讨论、去质疑、去评论，有机会发表自己的见解和主张，充分发挥自己的创造性。这是大学教学有别于中小学教学的重要原则，而且越是层次高的教学或者学生人数少的教学，这个原则就越容易得到贯彻和实施。

5. 更加重视学生的自由选择原则。自由选择是培养学生的创造性的必要条件，在中小学，学生的自由选择权由于教育本身的基础性以及受考试“指挥棒”的限制，往往未能得到尊重。在大学由于考试自由度的增加，限制逐渐减少，学生的自由选择权大大加强，他们有更多的可能和条件来选择自己的专业、课程以及各种学习活动的方式、时间，有更大的可能性在更加宽松的环境下谋划自己未来的发展。也正是在这样的基础上，学生才有可能更加充分地发展自己的个性，发挥自己的创造力。在大学教学中，学生的自由选择权主要表现在以下方面。

（1）学生有专业选择权：尽管目前在很多高校中，学生尚不能自由转系或转专业，但是学生在入学之初或在学习期间，对专业的选择自由还是有一定的保障的，而且学校不断地开办与社会需求相适应的新专业，本身也是满足学生的自由选择权的表现。同时随着教育教学改革的不断深入，学生对专业的自由选择的空间会越来越大。

（2）课程选择权：学生可以根据自己的专业特点和建构自身知识体系的需要以及社会发展变化的状况选修各种课程，建构自己的知识和能力体系，这是大学教学的重要原则。越是高水平的大学，选修课程的灵活性也往往越大。

（3）对教师的选择权：现在许多高校的教学改革充分地保证学生对教师的选择权，特别是实行学分制的学校，师生的双向选择越来越广泛，学生选择教师的机会越来越多。

（4）自由活动的选择权：大学的课堂教学课时数明显少于中小学，这样就给学生更多的自由安排自己活动的时间和机会。此外大学生的大量知识往往是通过参加学术活动、聆听各种学术讲座等方式获得的，这也要求学生充分使用这种自由活动的选择权。

6. 更加重视学生研究性学习的原则。目前研究性学习是教育界的一个热门话题，事实上大学的研究性学习不仅比中学更有条件和可能，而且显得更加必要。因为作为学生接受学校教育的高级阶段，大学对学生今后的发展的影响更大。大学生的研究能力如何，很大程度上取决于他在大学阶段学术研究的训练情况。因此，对大学生而言，学会求知、学会研究就显得非常重要。一般而言大学的前两年主要是专业基础课的学习，到了高年级之后则可以开展初步的研究训练。到了研究生阶段，学术研究的训练机会就更多，高水平的研究成果也更容易涌现，这也是与中小学教学明显不同的原则。

三、大学教学的方法

（一）教学方法的含义

教学方法的含义有许多种说法，如有人认为教学方法是指师生为了完成一定教学任务在共同活动中所采用的教学方法、途径和手段，也有人认为教学方法是教师为了完成教学任务而采用的手段。我们认为将教学方法定位为师生为达到教学目的而共同进行认识和实践活动的途径及手段，也就是教师如何教和学生如何学的问题，这样可能比较恰当一些。在整个教学活动中，教师和学生必须借助一定的方法和手段才能完成教学任务，达到教学目的，因此教学方法是教学活动中极为重要的问题。

（二）大学教学方法的特点

与中小学相比，大学的教学方法有其特殊性。其特点主要表现在以下几点。

1，对学生的教主要是启发和扶持，而非只有知识的传授，更不能简单地灌输。如前所述，由于大学生学习的独立性逐步加强，自学成分不断增加，因此在教学的方法上对大学生的教学就应该根据这个特点，采取更加自由灵活的方式。中小学可以灌输知识，但是灌输对大学生所起的作用就相对减弱。从某种意义上讲，在大学传授学习、研究的方法、思路就比单纯传授知识要重要。

2. 科研方法的训练开始得到逐步重视。教学中渗透科研，把科研与教学结合起来是大学教学的一大特点。在大学教学中很多学校采取问题探讨、课题研究的形式进行教学，初步培养学生查找资料、积累系统知识、从事科研的能力。

（三）大学教学方法的多样性与主要方法

大学的教学方法很多，而且很难说哪一种方法更有效。因为不同的课程有不同的教法，对于同一课程，不同的学校、不同的老师也有不同的教法，所谓“教学有法，教无定法”就是这个道理。比如教人文课程与教社会科学课程的方法就会有很大不同，与教自然科学的方法，相差可能就更大。就拿文学理论的教学来说，教命题与教概念的方法就不相同。讲授概念一般只需把关键点及其内涵讲清楚即可，讲命题则需要讲清楚命题的来龙去脉及其内涵，还要尽可能讲清形成命题的思路、方法和过程。另外对不同层次的学生，可以采取的方法也不可能相同。目前在大学的日常教学特别是文学理论课的课堂教学中，往往采用如下方法。

1. 讲授法。

讲授法是教师通过简明、生动的语言向学生传授知识的一种教学方法。

从教师角度看，讲授法是一种传授的方法；从学生角度看，则是一种接受的方法。在使用讲授法的过程中，教师一般可以讲述、讲解、讲读，也可以讲演。讲授法是目前各个学校普遍使用的方法。这种方法的好处主要有以下几点。

（1）有利于系统地、有计划地组织教学活动。

（2）教师的主导性得到较好的发挥。教师可以通过合乎逻辑的分析、论证或者是描绘、陈述，把知识系统地、全面地、完整地传授给学生，学生也容易在较短时间内接受更多的知识，因而也显得比较经济、高效。

（3）教材的权威性得到较好的尊重。由于讲授法一般严格要求按照教材展开，因此学生及教师对教材都比较依赖，教材的权威性由此也容易得到尊重。

（4）由于统一学习进程，因而便于学生培养集体意识，也有利于教学管理，有利于各种考核、评估。

但是如果过分依赖讲授法，其缺点也是很明显的，主要表现在以下几点。

（1）容易使课堂气氛沉闷，甚至导致“满堂灌”。

（2）教师的主导性容易得到发挥，但学生的主体性容易被忽略。教师在讲授过程中出现差错，有时不容易被发现和纠正，因为教师传授、学生接受，学生即使发现老师的差错也未必敢于指出。相反如果是采取讨论法进行教学，这个问题就有可能避免。

（3）难以顾及不同学生的需要和水平，不利于因材施教。因此对于讲授法的使用，必须要注意如下问题。

（1）尽可能与其他方法并行使用或交叉使用：防止由于方法单一而使学生产生厌倦感。特别是理论课的教学，过去常常过分依赖这种方法，应当加以改进。

（2）尽可能照顾不同学生的不同需求，关注学生个体的发展。

（3）讲授的内容要科学正确，防止出现错误。

（4）要注意启发、调动学生的思路，要尽量多给学生创设思考的机会，使学生积极参与教学活动，切忌变成教师个人的表演。

（5）要注意语言的艺术性，以增强对学生的吸引，语言要清晰、精练、生动、形象，条理清楚、逻辑性强，同时也要通俗易懂，音量、语速适中，并尽可能配以恰当的肢体语言，加强教学效果。

2. 讨论法。

讨论法是指在教师的指导下，学生以班或小组为单位，为解决某些问题而开展的一种辩论、讨论活动。这种活动的特点是师生之间或学生之间交换看法，相互启发以获得知识或巩固知识。

讨论法的优点在于：参与的学生人数较多，参与面较广；可以更好地培养学生的合作精神；有利于学生集思广益，相互学习相互启发取长补短，加深对所学内容的了解和领会；可以锻炼学生的口头表达能力，激发学生的学习兴趣，活跃学生的思维，锻炼学生思考问题、分析问题的能力，这种方法在大学的高年级及研究生教育阶段使用得比较多。

讨论法既可以单独使用，也可以与其他方法结合运用。在使用过程中，要注意如下几个问题。

（1）讨论之前，要有一定的准备，特别需要有针对性的指导，防止出现找不着题或离题万里的现象。

（2）讨论过程中，要注意把握好每个学生发言的分寸和时间，要防止少数学生垄断发言或者冷场的现象发生，对于跑题或离题的现象也要注意克服，对于个别学生表达不准确、不到位或者词不达意的现象也要注意纠正，对于学生中出现的争执要注意引导，防止因见解不同而产生矛盾。

（3）在讨论结束时，应该注意归纳总结，以便形成比较一定的、一致的结论，让学生学有所得。

3.读书指导法。

读书指导法是一种比较省时省事的教学方法，旨在通过教师指导学生阅读教学内容、参考资料，从而获得知识，培养良好的阅读习惯，锻炼一定的阅读和自学能力。读书指导法的特点是强调学生的“读”，要注意如下几个方面的问题。

（1）教师在指导方面要加强针对性，方法要对路，要帮助学生明确读书的目的、任务和范围，让学生带着问题去读。

（2）要求学生在阅读过程中注意方法，做好各种读书笔记、批注、摘要，写好读书报告或者心得体会，还要充分利用好工具书，以提高阅读效率。

（3）要尽量扩大阅读面，扩充知识视野，打牢学术基础。

除上面所说的几种教学方法之外，大学的教学方法还有很多，如实验法、参观法、调查法等。这些方法并无好坏之分，关键是使用者在选择使用时要充分考虑使用环境、对象等因素的影响再做出选择。而且各种方法之间也并不可混合使用，相反综合运用可能教学效果更好。

四、大学教学方法的改革

教学方法的改革是一个永恒的话题，也是一个常讲常新的话题，现行的大学教学方法有一些不尽如人意的地方。从理论层面来说，对大学的教学及其改革的理论研究尚存在着不足。而从学校以及教师本身的实际情况来看，一些高校和高校教师重视学术研究，对教学的重视相对不够，很多人认为只要有学问自然就能讲好课，教学方法更是雕虫小技，只有中小学才要讲教法。所以在这样的大学里研究教学的人不多，研究教法的人就更少。在课堂教学中一讲到底、“满堂灌”这种现象比比皆是，学生上课记笔记，下课背笔记，考试考笔记，考完忘笔记的情况到处可见，更有甚者连笔记都不记不背，这样的现象也不在少数。因此有必要对大学的教学方法做一些改革，以提高大学教学的质量，我们认为如下几个方面的工作需要引起重视。

（一）要高度重视教学方法的研究和改革

如前所述，长期以来，部分大学对教学方法的研究和改革的重视是相当不够的。随着社会的发展，特别是在高等教育大众化的背景下，大学的各项事业的发展极为迅速，社会对提高高等教育质量提出了更新、更高的要求。因此作为培养高级专门人才的大学教师，应该提高对教学方法的认识，重视对教学方法的改革，积极探索新的教学方法，运用启发式教学，减少灌输式教学，加强实践教学，注重使用新的教学手段，教会学生掌握更加有效的学习方法，以进一步提高教学质量，满足学生、家长、社会对大学教育的要求。

（二）要将传统的教学方法与现代的教学技术紧密结合起来

传统的教学方法是指以讲授为主的一整套行之有效的教学方法，这是中西方教育史上使用得最多、效果也最好的方法。尽管它存在着教师单向传授、不容易发挥学生的主体性、难以照顾不同学生个性需要和难以真正实现因材施教等不足，但是它也有效率高、信息密度高和教育全面等优点，不管历史如何发展，这些方法都有其存在的价值。

但是我们也应当看到，随着历史的发展、社会的进步，教育与教学也必然会前进，比如教育物质设备和技术的不断发展就对现行的教学方法、手段产生巨大的冲击。19 世纪下半叶，幻灯技术开始进入课堂。20 世纪初，收录机、电唱机等电化教育技术开始使用到教学中，给学生的学习和教师的教学带来很大的方便。到了 20 世纪中期，视听教育技术对教育和教学产生了巨大影响。计算机发明之后，特别是 20 世纪 90 年代以后，计算机和网络技术上速发展，给社会带来极为深刻的影响。现在计算机和网络不仅影响到社会的政治、经济、文化生活，而且改变着人们的生活方式、交往方式和工作方式，也改变着教育和教学。现代的教育技术已经不单是在教学过程中使用的技术，而是“为了促进学习，对学习的过程和资源进行设计、开发、利用、管理和评价的理论和实践”。这是 1994 年美国教育传播与技术协会（AECT）发表的西尔斯与里奇合著的《教育技术的定义和研究范围》中提到的观点，这个观点得到世界很多国家的学者的赞同和认可。现代的教育技术已经不是单纯的教或学的某一方面的技术或手段，而是一种包含着学习过程和资源的设计、开发、利用、管理和评价的整体的、系统的理论与实践。

对于教育技术的理解，可以从以下三个方面去考虑。

1. 教育技术是应用系统方法来分析和解决人类学习问题的过程，其宗旨是追求教育的最优化。

2. 教育技术分为有形的媒体技术和无形的、智能的系统技术。

3. 教育技术依靠开发、利用所有学习资源来达到自己的目的。学习资源分为信息、人员、材料、设备、技巧和环境，这些资源来自两个方面：一方面是专门为了学习的目的而设计出来的资源，如教师、课本、教学电视、计算机课件、黑板、投影仪、教师、操场等；另一方面是现实世界中原有的可被利用的资源，如各行各业的专家、报刊、影视、展览、博物馆等。

生活在网络时代的大环境中，大学生与教师无时无刻不受现代社会的影响，因此要适应社会的发展和现代教育技术发展的要求，当代教育和教学必须面对新的现实及形势，研究新的问题，采用新的技术和方法改革教学，以适应学生和社会的需要。

（三）要研究学生的学习方法，培养学生的学习能力

长期以来我们注重研究教师"教"的方法，特别注重研究中小学教师的教法，但是却忽视学生的学习方法，注重学生的学习结果，而忽视学生的学习过程。

这实际上是将"教"与"学"割裂开来的做法，这样也不易协调教学关系。其实现代教学理论不仅强调对"教"的研究，而且也很强调对"学"的研究，"教会学生学习"已经成为当今世界教育界的重要口号。因此在大学的教学活动中，很有必要确立学生的主体地位，特别是要加强学生自主性学习。因为现代人类知识发展迅速，在学校求学阶段想要学生掌握全部知识是不可能的。即使学生在学校学到了最新的知识，这种知识也会很快老化，不起作用。相反如果学生能够掌握学习的方法，有较强的学习能力，就容易不断地获得新的知识，适应未来社会的挑战。

（四）不断地改革学习评价方式，特别是考试制度

考试是教育目标管理的手段，也是对学校教学评价的重要手段。目前普遍存在的主要问题是，考试方式比较单一，多数只是采用笔试、闭卷考试；考试的内容往往不是考核学生怎样运用所学知识、发展创造性思维以及提高认识问题和解决问题的能力，而是考学生掌握了多少知识，甚至死记硬背了多少知识。理论课程的考试本应以理解问题、分析问题为主，但现在很多学校的考试中经常出现很多以机械记忆为主的填空题、选择题，考试方式极为死板。因此要对目前的考试方式进行改革，应该减少对记忆性知识的

考核，增加对应用能力的考核；要废除“教多少考多少，教什么考什么”，学生只按照老师的教学和课堂笔记或某一本教材的观点来问答问题的做法；要改革单一的闭卷考试的局面，采取更灵活的考试形式。同时还应该把考试和学生平时的学习包括测验、作业、课堂讨论等学习活动结合起来，以便综合各种学习信息，全面衡量学生的学习质量，评定学习成绩，使考试成绩更加科学、准确，使考试真正成为有效的教学管理手段和评价方式，从而更好地调动学生的学习积极性，以利于学生的成长与成才。

第十章 文学理论教学现状论

任何改革与研究都必须是从认识现状开始的，大学文学理论的教学与研究也不例外，大学目前是文学理论知识生产和消费的主要场所。历史上大学对文学理论知识的生产起到了十分重要的作用，但是当前在大学中文学理论的教学越来越边缘化，要想使之有所改观，必须首先认清其现状，这是我们无法回避的问题。

第一节 文学理论知识的重要源泉和主要载体

一、中国古代文学理论教育是一种依附于政治教育的初级形态教育

中国古代很早就有文学思想。如果说从中国诗学的开山之祖“诗言志”的主张的提出开始算起，中国古代文学理论的历史迄今已有两千多年之久。经过历代诗人、作家、理论家的不断努力，留下了极其丰富的文学思想遗产和各式各样的文学理论著作，形成了博大精深的文学理论。

但是中国古代没有专门的文学理论教育机构和相应的专门教材。换句话说，中国古代文学理论著作都不是教材，只是在进行政治教育，培养国家政治社会生活所需要的人才的过程中，教育者们把文学教育当作一种增强素质，以便将来更好地进行政治活动的补充工具。孔子的文学教育思想就是一个最为典型的代表。对于孔子，教育从来都不曾离开过他满腔的政治抱负。孔子是晚年在官场失意、政治上前途无望的情况下转而投身教育的，希望通过教育培养出符合自己心中理想的为政之人，从而实现他的“为政以德”的政治主张。正如《论语·为政》所记：“或谓孔子曰：‘子奚不为下政？’子曰：书云：‘孝乎惟孝，友于兄弟，施于有政。’是亦为政，奚其为政？”可见孔子认为通过教育把仁道影响到当政的人身上，本身就是为政。

孔子把文学艺术教育——诗教与政治连成了一块。所谓为政按《论语·为政》的说法，应该是“为政以德，譬如北辰，居其所而众星共之”，“道之以政，齐之以刑，民免而无耻；道之以德，齐之以礼，有耻且格”。诵诗读书最终目的不过是为政，《论语·子路》所说：“诵诗三百，授之以政，不达；使于四方，不能专对，虽多，亦奚以为？”“子曰：‘小子何莫学乎诗？’诗，可以兴，可以观，可以群，可以怨。迩之事父，远之事君。”孔子在这里直接指出诗教的政治功能：可以事父，亦可事君。

这就告诉我们中国古代文学理论教育虽然也有一定的持续性和普遍性，但不具备现代意义上的专门教育特征。也可以说，中国古代文学理论教育是依附于政治教育身上，作为政治教育的一种补充而存在的。古人对文学理论的认识很多是在政治活动中获得的。

当然如果完全没有中国古代这种依附于政治教育之上的文学理论教育，那么，古代文艺思想也很难延续下来，后世的文学理论至少也不会是今天这个局面。但是中国古代没有现代意义上的文艺理论教育形式和文艺理论教材，中国古代文艺理论教育不设专门的、独立的教育科目，当然也不必为此而准备专门的教材。因此我们说，中国古代文学理论知识教育并不是现代意义上的文学教育，与今天大学成为文学理论知识的重要源泉和主要载体的现实有天壤之别。

二、现代大学的诞生使大学成为文学理论认知的重要源泉和载体

大学从什么时候开始成为文学理论知识的重要源泉和主要载体呢？这得从现代意义上的大学的形成以及文学理论观念转变开始说起。

现代的大学始于中世纪。当时在欧洲，由于神学、医学、法律、修辞等知识日益精深和专门化，为了研究学问，教师和学生不得不各自结合起来，组成行会性质的团体，修习专门知识，这便形成了所谓的大学——少数学者传授高深学问的场所。早期的大学与今天的大学相去甚远，那时的大学并没有属于自身的各种设施，没有校园，没有自己的教学大楼，没有操场，没有实验室，没有图书馆。教师上课时也许会在自己的家里，也许是以会在租来的房子里。这些学生没有寄身之所的“流动”大学，却把大学寄放在更为坚实的基础上，那就是当时的大学探索和捍卫着一种真正意义上的大学的“精神”，大学的使命——就是致力于“追求最高形式的学识”。

但是后来由于各种原因，中世纪的大学并未得到相应的发展。一直到19世纪柏林大学的出现，才使中世纪时已经诞生并在欧洲乃至整个人类文明史上具有十分重要意义的大学获得新生，并大步迈向现代化的历程。

柏林大学的诞生有其特有的历史背景，它对于现代大学的贡献在于通过制度的创新适时回应了时代的变迁和文明进步的挑战。柏林大学在继承传统大学一些形式的基础上，在培养目标、教学制度等方面进行了根本性变革。

首先，柏林大学首次提倡和实行教学和科研相结合的制度，在课程中引进大量的自然和人文方面新兴科学，并以哲学系取代了在传统大学中一直处于主导地位的神学系。柏林大学明确提出大学不容置疑的任务就是研究和教学，与此相应的大学教法应是“用科学来培养学生”，以教学和科研相结合的原则为指导，创设了“习明纳”、研讨班和研究所等新型教学方式和研究机构。

其次，柏林大学虽由国家兴办，但具有极大的自治权和独立性，国家也尽可能少地干预大学管理，并把外界对大学的干预限制在最小范围。这样就形成了一种屏障，使大学内部的运作程序固定化，从而使教学科研人员能不受干扰地专注于学术工作。柏林大学的改革为后继的大学贡献了宝贵的制度资源：科研与教学的结合彰显了大学作为学术组织的组织特性；从中世纪开始由于大学的自身利益，“大学自治”与“学术自由”由“自发状态”走向“自觉状态”，由此“大学自治”与“学术自由”成为延续至今的大学的经典理念与原则。

从此大学开始成为核心知识最重要的生产机构和传播机构，使包括文学理论知识在内的各种知识得以在其中生产和传播。

第二节　文学理论的两种形态——研究型与教学型

一、文学理论的两种形态：研究型和教学型

中国古代文学理论博大精深，其中许多概念和命题内涵丰富，意义重大。但是这些概念和命题宛如一颗颗明珠，散落在浩如烟海的历史典籍之中，并非如西方一些文学理论著作，是自成体系的比较纯粹的文学理论专著。后人在学习、传承过程中，往往也只

是从众多的典籍中记住其中的片言只语，然后不断加以阐释为历代所用。在传承过程中这些知识大体通过三种方式对后代产生影响，一是通过经学、史学著作，许多文学理论知识就包含于经书史籍之中，自古“文史不分家”之说即是证明。这里的“文”包括广义的文学，也包括后世所津津乐道的“纯文学”，自然也包含文学理论知识，所以中国古代士子们接受正规的、系统的经学、史学教育，其中就包含文学理论教育。二是后世文人著作，从一些文人士子所受到的教育以及他们的社会责任感而言，原本他们并不是心甘情愿从事文学创作的，他们许多人的诗、书、文、词不过是政务之外的消遣、应酬之作。还有一些是仕途不畅，退而作诗为文。他们的传世之作，包括文学理论著作也能在社会中产生影响，这些著作大抵有文章学、诗论、画论、书法著作，其中包含前人和同代人关于不同艺术门类的经验和见解。这些著作既可以是专门的论著、文章，也可以是品诗、论画的经验之谈；既可以是皇皇巨篇，也可以是三言两语。这些东西不一定能登大雅之堂，不一定是士子们必读的书籍，却可能是士子们根据各自的趣味和爱好乐于选择阅读和精研的书籍、文章。他们可以从这些著作中培养和提高文艺修养，形成一种文人的“雅趣”。此外还有一些是通过师徒之间以口耳或简单的文字进行传授而形成的经验和知识，如在乐师、伶工、艺匠之间口头传承的各种特殊技术和绝技的经验总结，这些东西可能只是偏重于自身经验的总结，而理论深度往往不足，立论的高度也不够，多仅局限于经验之谈，有的还不一定见诸文字或经典，不能传之久远，而且还会在传授中产生变异，但是对后人来说同样也是不可缺少的理论资源。利用这些资源可以产生新的理论，对这些资源的研究、阐释，或者利用这些资源对文学现象作新的研究所形成的知识，我们可以称之为研究型知识或者研究型理论。

与此同时，随着社会的变迁，特别是学校教育的发展，出现了一种专门为教学服务，作为普及科学知识面貌呈现的教育型知识形态，我们可以称之为教学型知识或者教学型理论。

这两种理论的不同，已经逐步被人们认识，有的学者就提出中国现今存在两种文学理论：一种是创作文学理论，一种是教学文学理论。所谓创作文学理论是指理论家、批评家围绕创作的实际，追踪作家创作观念的变化和发展，就与创作相关的文学问题所开展的批评和理论阐述。所谓教学文学理论主要指的是大学课堂上系统讲授的文学理论知识以及该种理论在其他相关课程中的渗透运用。与此相联系，文学的理论队伍也分成了两支，即创作文学理论队伍和教学文学理论队伍。

二、研究型理论与教学型理论的区别

研究型理论与教学型理论有密切的联系。研究为教学提供源源不断的理论支持，教学必须以研究为前提和基础，并尽量体现出研究的成果，这是研究型理论的一种消费和接受的重要方式。在今天文学理论的诉求对象很大程度上就是大学课堂，但是研究型理论与教学理论也有很大不同。从内容来说研究型理论可以涉及文学的方方面面，内容包罗万象，可以是一个普遍的大道理，也可以是一个非常冷门的话题；可以是流行话语也可以是缺少听众的私人议题；从性质来说研究型理论体现出鲜明的探索性、创新性和前卫性，如果研究型理论老是满足于研究落后时代或社会的课题，或者在研究这些课题时提不出新的有创新性的见解，那是不可想象的；从接受对象来说研究型理论可以高深莫测，变成个人自娱自乐的活动或者是学者毕生孜孜以求的事业。但是教学型理论则要考虑其面向的对象，不管是哪个层次的学生，有时候还要考虑学识程度不高的大学低年级学生的需求，而显示出与研究型理论不同的地方。从内容来看，教学型理论的话题一般都是一些文学的基本问题，是与社会需求密切相关的话题，因为教学的内容永远是要受到社会需求决定和制约的；从性质来看它的探索性、创新性和前卫性较差，一般只讲一些成为定论的东西。它不太可能过深、过广、过于玄奥和抽象，否则不利于学生接受，即使有时候要传达一些深奥的内容，也必须考虑学生的接受能力和实际，尽量使用学生能够理解和易于领会的方法，否则很难达到教学的最终目的。从接受面来看，研究型理论的成果一般都应该或者主要是通过课堂教学才能得到更加广泛的传播，因此教学型理论更有利于学生和社会的接受。

三、研究型理论和教学型理论的主要载体的区别

研究型理论成果的主要载体是学术专著，而教学型理论成果的主要载体是教材，但是在以往的实践中，我们经常把两者混为一谈，所谓“以著作当讲义”和“将讲义当著作”就是这种现象的通俗说法。但是两者的区别还是很明显的，那些集体编写的教材，往往是一人主编，数人乃至十几人共同编写，自然个性色彩不浓，与专著区别很大，即使是“专著式”的教材也与学术专著有所不同。

“主编式”教材与“专著式”教材各有优劣之处。“主编式”教材可以集众人智慧，

采各家之长，应该具有更高的学术水平和权威性，而且这种分工合作的方式可以提高编写效率，还有利于促进各院校之间教学内容的统一；但是由于各位作者的学术观点和写作风格并不相同，所以难免在教材的内容和文字风格上出现不一致甚至前后矛盾之处。“专著式”教材可以更好、更集中地反映学者个人的研究成果和理论思想，而且能够保持教材的学术观点和写作风格的统一。

上述的不同，与大学教材所具有的两重性有关，即基础性和探索性。作为向学生传授知识的书，大学教材要求讲述那些基本的、已经成为定论的知识，这就是它的基础性。这与具有探索性的学术著作不同。

此外，一部好的教材既要总结已有的科研成果，起到将学生带入学术前沿的作用，又要具有一定的探索性。

具体来说，作为理论知识的两种不同的载体，专著与教材的区别主要有如下几个方面。

1. 读者对象定位不同。不管是专著还是教材都有一个定位问题，无定位就无规范，也就无法写作；定位不准写作时就容易出现偏差。借用接受美学的理论来说，就是在写作之前和写作过程中，作者必须考虑读者的阅读与接受的问题。一般来说专著的阅读对象往往是本专业有一定基础和较高水平的研究人员、教师、研究生及其他相关人员，其阅读目标是著作中提供的新问题、新观点、新材料及新的研究方法等。而教材的阅读对象主要是学生，这些学生可能是尚无专业基础的，甚至连学科常识都未具备的，他们阅读教材的目的是了解和掌握该学科领域中的普遍性理论、普通知识及已被公认的内容，为进一步学习和研究打下基础。

2. 专著具有创新性，教材则更具有包容性。从本质上说专著是学术探索型的，它要求在现有的一切理论和知识成果的基础上，探索新的未知领域或发现新问题，或展示新材料，或提出新观点，或提供新的研究思路和方法，乃至创建新的学科体系。由此而论，新颖独创是学术著作的根本特性，如果拿不出新东西就不要去写著作。人云亦云，老调重弹，既无独创之举又无新颖之见，就称不上是真正意义的学术著作。与此不同，教材就不一定有学术著作这种创新性要求，即使要求创新也是次要的，向主要的基本的要求则是包容性，因为教学活动要求教师依据教材把本学科（课程）的基本内容通过教学活动比较系统、规范、全面地传授给学生。因此教材的基本内容应当是叙述本学科已有的科学理论和知识，特别是那些已成为公理、常识的东西，要尽可能全面、恰当、深入地把本学科中已有的研究成果纳入教材之中，并以基本理论和普遍知识的面貌呈现给学生。从这个意义上讲，有人说凡是教材写的东西都是过时的，这句话虽有点偏激，但也在一定程度上道出了教材的这种特点。

3. 专著具有探索性和新颖性。专著总是学术研究前沿课题成果的体现，即使是一个古老的课题，它也要显示出著者的最新的学术眼光，展现出作者的最新学术成绩，因此它应当而且必然有一定的探索性和新颖性。相比之下教材表述的一般是被人们普遍接受的成熟的理论知识，所以就必然有一定的滞后性。一些学科前沿的具有论辩性和挑战性的新观点、新思想未必都能进入教材。有时大学教材也引入一些具有前沿性的、正在讨论而未达成共识、未成定论的内容，以便使教材具有学科前沿性和时代感，从而激发师生大胆探索的激情，最终使教学能够达到既传授给学生基本理论和基础知识，又开阔学生的视野，培养学生的求知欲望和探索精神的目的。但是在引入学科前沿的东西时，一般只能就其代表性的思想观点择其一二略加介绍，不会也不宜详细论述，以免喧宾夺主。

4. 在体系建构上，专著追求体系的完整，教材则不一定有完整体系。我们经常发现专著的作者在写作过程中往往表现出建构庞大完整体系的追求热情，这是符合学术发展的规律的。一门学科发展到一定程度，积累了一定的材料，对这些材料进行系统、全面的梳理，从而形成有序而富有逻辑性的体系，最终达到对学科对象的认识规律的更加深刻揭示与更加全面阐发的学术目标，这是自然而然的事。因此在专著那里我们经常可以看到，作者们经常孜孜以求、倾尽心力去建构一个尽可能完美的体系。

在教材中当然也有人热衷建构体系，但是这并不是现在的教材所追求的主要目标，相反过分追求完美的体系不仅是做不到的，也是没有必要的。此外，即使教材的体系要存在的话，那么起码它与专著的体系也是不尽相同的，它不一定要求这个体系有多么严密，也不一定要有多么完整，只要基本能够说明问题，能够自圆其说就可以了。比如在很多文学理论教材中，通常都是按照文学本质论、文学创作论、文学发展论、文学接受论等几大块来编写的，但是为什么要这么做，这中间很难说有多少很正确的理由。在教学过程中教师和学生对这几大块内容的学习也不会遵循同样的逻辑思路，给予同样的重视。可能有的人对某一方面的内容感兴趣一些，或者熟识一些，教学过程中，讲授得就透彻一些，反之则简略一些。教师在教学过程中完全可以对这些内容进行适当的增、减、删、补，灵活而自由地加以处理，这也符合教学规律和被允许的。

5. 在表达的方式上，专著一般是“从抽象到抽象”，而教材一般是“从具体到抽象”。科学探讨和发现往往是从现实中的具体现象入手，通过一定的逻辑方式达到对对象的抽象认识，即“从具体到抽象”；但是对科学研究成果的表达则是从抽象认识开始，最终达到对对象的更新的抽象认识。由于专著的写作者和读者一般都是学有所长的，因此有时它没有必要过多地涉及具体的现象，而直接可以从抽象概念入手，进行新的逻辑演绎，以达到对对象的新的认识。而教材的使用者则不同，学生可能是对这一学科一无所知的新手，教师也不可能与编写者的水平整齐划一，甚至还可能相差甚远。因此在编写教材过程中，必须考虑教学的要求，既要把主要的理论讲清，又不宜过于抽象，否则，于教于学，均可能事倍功半。从这个意义上讲，为什么国内现行的大量的文学理论教材都使用“观点 + 材料”的表达方式，这种方式尽管遭到不少学者的批评，但是它依然大行其道，这的确有其符合教学要求的一面。

6. 在话语风格上，专著钟情于使用高纯度的学术话语，而教材则更倾向于采用易于接受和理解的普通话语。在语言表述风格方面，作为学术型知识形态的专著与作为教学型知识形态的教材也是有差异的。专著的叙述风格一般是严谨的、富有逻辑力量的；而教材的叙述风格一般是平实、明快的，读来容易理解。专著可采用长句，以求表达准确、严密；教材则多采用短句，句式相对简单，以求表达简明、易懂。除了新创术语之外，专著使用的术语可以是非常专业的，且大多不必过多解释，而教材在使用术语时一般应予以解释。专著的语言可以追求个性风格，教材的语言则应采取大众化的话语风格。专著重于严谨，教材追求简明。如果一味用那些深奥、晦涩的语言，故弄玄虚，把教材写得复杂、烦琐，对教学就极为不利。

当然尽管专著与教材有着很大的不同，但是它们毕竟也有一定的联系。一方面专著是教材之母，就是说教材是建立在专著的基础之上的。教材内容是本学科的基本理论、基础知识乃至常识性的东西，而这些内容一般来说就是从作为科学研究成果的专著及论文中提炼出来的。没有著及论文的研究成果，就没有教材的普遍知识。另一方面教材又是专著的普及。各门学科或者课程都是有自己的历史的，都有由许许多多专著及论文等成果构成的众多资料和学科的认识史、发展史。但是并不是所有专著及论文内容都能被人所接受，只有那些进入教材的内容，方能为更多的后学者所接受。这种情形在今天信息极度膨胀，知识以几何级数级不断增加，而很多知识都有可能被埋没的情况下，特别是在目前学校的许多学生不习惯于阅读专著，不愿意从教材以外的专著获得更多知识的情况下，专著的内容能否进入教材和课堂，对于其是否能赢得更多的读者和知音关系极大，对于这个学科或课程的发展影响也非常重大。

第三节　重视教学型理论研究必须面对现实

一、当前大学文学理论教学的若干问题

当前大学文学理论教学存在着不少问题，归纳起来主要有如下几个方面。

1. 文学理论日益学院化和边缘化，越来越不被重视。所谓学院化是一个没有很严密的定义的描述性的说法，其意思主要是指它越来越成为大学学者的关注对象，走出大学校门就难以产生影响力的现象；所谓边缘化大致也是如此，主要是指它在社会生活中越来越不被重视而显得无足轻重，越来越受到冷落，再也不占据原先主流意识形态的核心位置，很多年以前文学理论已经逐渐成为一门学院化倾向极其明显的学科和知识体系。有的学者认为“就某种意义而言，文学理论是一门存在于大学讲坛上的特殊的理论学科。作为门学科的文学理论，似乎只有在大学课程结构中才体现出其学科体系的完整性”。尽管对于这个学科和这套知识体系的许多问题仍然存在着许多争议，但是它的学院化和边的缘化已是不争的事实。

文学理论的学院化与边缘化是伴随着文学的边缘化而出现的。在社会生活中随着文学功能的日益变化，特别是文学的教育功能和认识功能的弱化，文学的边缘化现象开始出现。作为文学大家庭里的一部分的文学理论的各种活动，由于其本身的抽象性，一直以来都不太受欢迎，到最近几年变得更加不为社会所重视，逐渐成为一种在大学课堂中和学术讨论会上，由教师、学者及其听众自说自话的表演。文学理论学科及其知识越来越成为只有少数学者才关心的东西。我们稍为回顾一下 20 世纪 70 年代末以来文学功能和地位的变化，即可感受到这种变化的发展过程。20 世纪 70 年代末到 80 年代初期，由于文学承担了许多文学以外的社会责任，文学的教育作用和认识作用发挥到了极致。

20 世纪 80 年代后期以来，文学的教育和认识功能逐渐弱化，而娱乐功能则进一步

加强，文学逐渐边缘化也越来越成为一种主流，文学理论也日渐成为不受社会关注的东西，有些甚至就在文学圈中也不甚受重视。作家不听读者不信，只留下评论家和理论家在那里顾影自怜。虽然偶尔也有一些理论家不甘寂寞挑起一些论争，但是在多数情况下难有声息影响甚微。有时候一些极为时髦的话题，或者一场开展得极为深入、充分的探讨，不仅不能在社会上产生很大的影响，甚至连一些文学色彩并不单纯、本来可以引起社会大众广泛关注的讨论，在社会上也难找到受众，更加谈不上有众多知音或者应和者。与此相关在大学文学院系，文学理论或者深奥难学一点的文学课程，也很难赢得学子的青睐。学生们情愿将时间和精力放在学习一门更利于将来找工作的课程，甚至学一项实用的驾驶技术，也不愿听文学课，所以文学理论的备受冷落已经是无须证明的现象。

2. 课程设置不合理，违背认识规律。文学理论本是一门学术含量很高的课程，但现在一般就是在大学一年级或二年级开设，每周的课时仅有两三节，学生呈交的作业每学期也只有一两次。由于文学理论具有综合性特征，学生学习前应先掌握一些哲学、美学、语言学、心理学等相关知识作为基础，而低年级学生对语言学、文学、美学等相关学科知识的储备不足甚至严重欠缺。因此以经典作品作为分析对象的文学理论也因学生对作品的陌生而难于理解，在这种情况下要求学生一下子就接受这门抽象性极大、难度极高的课程，显然不合适。

此外，这样设置课程也是明显违背认识的基本规律的。众所周知，人的认识不是从抽象理论到具体实践，而是从经验到理论的循环，经验是最基本的东西。只有先有感性经验的积累，才有理性认识的飞跃，而现在却反其道而行之，学生难以接受也就在所难免了。在这种情况下教师为了便于学生的学习和接受，在教学中只好降低这门课的学术水平和知识含量，常常采取讲理论、举例子然后做结论的办法，省略了逻辑推导过程。结果是学生知其然，不知其所以然，学习过程中的讨论、创造性的提问等全都被取消了，教学效果不好也是必然的。

3. 重理论，轻实践。不管是教师还是学生，都普遍认为文学理论教学就应该言必称理论，于是教师的教学就经常从理论到理论，高高在上独自言说，少有对文学问题的具体阐释和解析，更无实践环节的锻炼。有时为了引证还经常援引一些老掉牙的例证，极大地削减了学生的接受兴趣，使得本来就显抽象和枯燥的理论课更加晦涩难懂，面临少人问津的尴尬。在教材中虽然都设计了课后思考题，但往往重在对基本概念和原理的识记与理解，而忽视了对学生的实践操作能力和创造性的锻炼。

4. 以知识为中心，以教师为中心，无视学生的接受能力，难度过大。不少人热衷于大而全的理论“大厦”的建造，不切实际地一再提高教学要求，加大教学难度使学生难以掌握，特别是一些由本科院校著名学者主编的教材，难度更大。由于这些教材的编写者多为学识渊博的一流学者，因而一味要求“贯通古今”“融会中西”，既要有“综合性”“创新性”“前瞻性”，还要不断推出“新观念”“新方法”，使得教材与教学的难度不断加大，不仅难度不断升级，而且多学科的知识也纷纷加盟，语言表述也常显得晦涩、玄奥、佶屈聱牙，使人难以理解。

5. 贪大求全，包罗万象。在教师心目中，往往希望能够在一门课程或一本教材中，将文学理论以及与文学理论相关知识的方方面面尽量一网打尽，最好能将马列文论、西方文论和中国古代文论的精华兼容并包，将最新、最前沿的学术成果尽收囊中，以达到一册在手一劳永逸的目的。应该说这样做的出发点是好的，是想让学生尽快上台阶、上层次，但由于不考虑对象，其结果只能是拔苗助长于事无补。难怪许多学生一见教材就犯晕，如同看“天书”“不知所云”，听课也常常“云里雾里”“跟着感觉走”，如此这般学生对文学理论就只能敬而远之了。

6. 只重经典，不重当下。现在的文学理论教学只重视文学史料和经典作家作品，并在此基础上进行理论的概括与论证，在一定程度上造成说话人与听话人之间沟通困难。本来文学理论的研究和教学要以文学史料和经典作家作品为材料，这本身并不成为问题，但是只以文学史料和经典作家作品为材料，显然也有太多的局限性。而且目前学生对中外文学史较为陌生，他们对历史上那些重大的文学事件、文学运动、文学思潮等知之甚少，他们也不再像过去的学生那样对文学经典情有独钟。他们对文学艺术的感受、体验和认识主要来自现实，而不是历史。可是文学理论教学却多涉及文学史和文学经典，这样在教学中就会出现这样一种现象，即教师往往用学生较为生疏的材料去论证他们更为陌生的理论，最终的教学效果自然要大打折扣。

此外，虽然学生也阅读文学经典，但更喜欢阅读当代作品。面对语言符号而形成的沉思默想式的传统文学阅读正逐渐让位于电子传媒所带来的超感官的视听享受，这样使得文学理论教学面临许多新问题。可是我们的教学却总是原地踏步，一切回头看。这种以不变应万变的教学方法显然是呆板的、僵化的、不合时宜的，要想说服这些在新的文化背景下成长起来的新一代大学生，无疑是相当困难的。

7. 空谈主义，不讲问题。理论要联系实际，要解决具体问题，这本是一个常识。但是面对学生的许多困惑，我们的教学显然很难解决学生关心的具体问题。如学生经常提问：什么是纯文学？什么是通俗文学？为什么高雅的纯文学日渐衰落，而肤浅的通俗文学却异常火爆？如何看待以好莱坞电影为代表的西方影视文化对中国文化市场的冲击？网络文学与传统文学有何异同？等等，这些问题几乎在目前所有的教材中都难以找到答案。我们只是强调对文学的性质、特点和一般规律的揭示，而忽略了对具体问题的探讨。这样很多学生学完文学理论后，虽然掌握了一些关于文学的“原理”和“规律”，但一遇到现实问题仍旧一片茫然，不仅是在教学中如此，而且在研究中这种状况也并不少见。

8. 教材陈旧，教学内容跟不上时代发展的脚步。最近十几年改革文艺学的呼声四起，新编的文艺学教材丛书，数量已百种，经验也在日益积累，水平也日渐提高，但从根本上讲还很难适应变革时代的需要。这些教材往往是探索的居多，建立起大家公认的成熟的体例的少；杂取各种文艺学现象的多，能深入说明问题的少；引进外来材料的多，发掘本民族文学理论传统的少；观点落后的多，带有超前性、预见性的少，凡此种种不一而足。一些教材所极力主张的观点、方法不仅落后于时代，而且缺乏马克思主义的基本态度。

9. 在内容的编排与取舍上，部分教材很难把握好深与浅、繁与简的关系。有的教材用长达十几页甚至几十页的篇幅去论证一个极为简单的道理，罗列了大量材料，几乎成了资料汇编。例如文学随社会生活的发展而发展，这本是常识性问题，可是我们的教材大多数都要从刘勰的“歌谣文理，与世推移”“文变染乎世情，兴废系乎时序”开始讲起，一直说到马克思、恩格斯的“随着经济基础的变更，全部庞大的上层建筑也或快或慢地发生变革”，既引用大量古今中外的理论材料，又陈述文学发展的历史事实加以印证。这种叙述作为文章无疑是很有说服力的、全面的，但作为教材尤其是师范专业文学理论教材，则显得不够简练，以致有不少学生反映，看了后边的忘了前边的。这不仅影响学生的自学，也使他们产生文学理论烦琐难学的想法，影响学习兴趣。

10. 教学手段与方法比较单一。目前大多数学校的文学理论教学都还是处于“口头＋粉笔”阶段，与其他课程采用先进的教学手段如影视技术、多媒体辅助教学等相比，无疑又落后了一大步。大多数老师在课堂上都是以讲为主，甚至是“满堂灌”。根据笔者在最近的一次调查中发现，有五分之四的学生认为老师采取上述教法，还有近三分之一的学生认为老师在讲课中完全是照本宣科，因此近三分之二的学生认为应该在教法上进行改进，文学理论教学才有出路。

11.学生的学习态度不对,方法不当。首先是学生对文艺理论课兴趣不高。据笔者调查，有近四分之一的学生表示对此课不感兴趣，近四分之一的学生表示无所谓，只有一半的学生表示有兴趣。

其次是学习不够认真。在回答笔者关于是否认真读过文学概论教科书的问卷调查时，177 名学生中有 82 人表示没有认真读过，比例近一半；在回答除了教材之外是否读过文学概论的其他书籍时，表示读过的只有 57 人，不到三分之一。

除此之外文学理论还存在着边界不清、与其他课程（如写作课）内容交叉重复等诸多问题。

二、研究教学是改变文学理论现状的主要出路

要想改变这一现状，摆脱目前的困境，只有加强对文学理论在教学方面的研究，方为上策。这种研究其意义在于以下几方面。

1. 有可能改变目前文学理论教学的困境。文学理论教学不管是今天还是将来，都会存在。目前遇到的种种问题，也并非一朝一夕能够解决的。这就需要教学者与研究者在实践中不断加以研究，才有可能得到解决。事实上从最近这几年许多高校的改革实践来看，这种探索是取得了一定成效的。在全国各种学术会议上，与会者对文学理论的教学问题也表现出越来越浓的探讨的兴趣，也出现了许多很有价值的教学成果，在国家级教学成果评比中有的还多次获奖。

2. 研究与教学相统一是提高目前高校文学理论教学水平的途径。如前所述，文学理论的研究成果表现为两种形式：一种是偏重学术性的学术论文和专著，另一种是偏重操作性的各级各类高校教材和教学论文。从我国现状看，这两种形式发展极不平衡。前者研究人员多，成果也多。后者与前者相比研究人员少，一般只限于高校文学理论教师。即使是高校文学理论教师，真正把主要精力放在教学研究上的也不多，因此研究成果自然也少。国外对文学理论的教学研究非常重视，拉尔夫·科恩主编的《文学理论的未来》

就提出，国外的文艺未来学已经明确将文艺学的教学研究和教材建设列为重要内容。因此我们认为实现研究与教学相统一，不仅是提高目前高校文学理论教学水平的途径，也是未来文学理论发展的一个方向。

3. 发展文学理论，关键在于大学。如前所述，大学在目前实际上已经成为文学理论生产和消费的重要场所，文学理论的发展很重要的依赖力量也在大学。在大学中文学理论的主要生产者是教师，缺少了教师的参与，文学理论的生产将失去重要力量；而文学理论的主要消费者是学生，没有了学生的接受，文学理论也就失去了绝大部分受众和知音。二者之间的相互促进相互影响，成了推动文学理论发展的关键力量。但是在教学中存在的种种问题，既不仅仅是教与学的矛盾问题，也不仅仅是教与学如何相互促进的问题，而且还是事关文学理论未来发展的重要问题，从这个意义上说，研究文学理论教学是我们今天无法回避的课题。

第十一章　文学理论教学过程与方法论

教学过程是高校实现培养人才目标的基本途径。文学理论的教学过程涉及教师、学生、教学内容、教学方法、教学管理以及教学环境等多个因素。如何看待文学理论教学过程的本质，如何在教学过程中实现文学理论教学各个因素之间的完美结合，最终达到教学目标，这是文学理论教师可能容易忽略的问题，但却是非常重要的、必须引起高度重视的问题。

第一节　文学理论教学过程的本质与特征

文学理论的教学过程是一定的教育者（通常是教师）在一定的教学环境下，通过一定的教学方法、手段将一定的教学内容传达给一定的教育对象（学生）的过程。它是一种有目的、有意识的、自觉的理性活动，是学校最终实现教学目的和人才培养目标的重要阶段。它涉及教师、学生、教学内容、教学方法、教学环境等各种因素。同时教学管理者也是影响文学理论教学的重要力量。

一、关于教学过程本质的基本看法

关于教学过程的本质，在现代教学理论中多有争论，莫衷一是。20 世纪 50 年代末至 60 年代在我国教育理论界，曾经展开过一场争论。当时基本上是按照马克思主义哲学关于认识与实践的关系原理来界定教学与认识、教学过程与一般认识过程、教学过程与实践过程等关系。通过争论形成了一些基本主张，即要用“实践—认识—实践”这一人类认识的总规律来组织教学，教学过程既不能脱离人类的一般认识，也不等同于一般的认识过程，而是人类认识的一种特殊形式。到了 80 年代以后对这个问题又展开了一场更大规模的讨论。这次讨论的主要问题有两个：一是基于方法论方面的，即以什么方法论或理论为指导探讨教学过程的本质；二是基于本质观方面的，即回答教学过程的本质到底是什么，什么样的教学过程本质观最能够对教学过程，特别是学生学习过程做出最圆满的解释，同时最有效地指导教学实践等。关于这次讨论有人概括了十种说法，即认识与特殊认识说、认识—发展说、认识—实践说、多本质说、发展说、情知说、审美过程说、教师实践说、适应—发展说、价值增值说。还有人从另外的角度提到认识说、学习说、交往说等。这些观点各有其理，其中以下列说法对我们理解文学理论教学过程比较有益，现简要介绍如下。

1. 认识与特殊认识说。认识与特殊认识说认为，教学过程是一种认识行为，同时又是以学生认识、掌握已有的文化科学基础知识和基本技能为基础的认识过程。与一般的认识过程相比，教学过程有其特殊性、间接性、领导性、教育性。

2. 认识—发展说。这种说法主张，教学过程不仅仅在是教师领导下的学生自觉能动地认识世界的特殊认识过程，而且是以此为基础促进学生身心全面发展的过程。

3. 认识—实践说。这种说法主张教学过程是一个包括认识过程和实践过程两方面的活动过程，是认识与实践统一的过程。

4. 交往说。这种观点建立在德国著名哲学家哈贝马斯的交往行动理论基础上，认为教学过程的本质就是教师与学生之间通过知识这一中介，以传授知识、技能促进学生的发展为中心任务的一种特殊的交往过程。在交往过程中教师与学生都是具有主体身份的人，他们之间是相互作用、相互交流、相互沟通、相互理解的关系。

二、文学理论教学过程的本质

有了上述认识作为基础，我们可以看到文学理论教学过程从本质上讲是一种教师对学生进行的文学理论知识的理性教育活动，也是一种学生通过学习掌握知识、认识世界，发展自己特长的实践活动，在这个活动中师生之间应该是一种特殊的理性对话关系。

（一）文学理论教学过程是教师对学生所进行的理性教育活动

这里所说的理性是区别于感性的活动。文学理论教学，从其内容构成来看，是通过概念、判断、推理而进行并最终完成其表述过程的，它不同于以感性为主的创作活动或者作品欣赏活动；从其进行过程来看，也始终离不开理性思维的所有因素及其作用；从它最终给人的知识结果来看，它要向学生提供关于文学的本质、发展规律、作品创作与生产、作品的构成、鉴赏与批评等基本规律，这些规律无疑是人类理性认识的一部分，因此我们说文学理论教学过程是教师对学生所进行的理性教育活动。

（二）文学理论教学过程是师生共同参与的认识与实践的过程

1. 它是一个师生共同参与的过程。过去认为教学过程本质上是在教师的指导下的一种认识过程。现在随着学生主体意识的增强，学生的地位不断得到强化，有人试图否定教师的主体地位。但是无论如何，它总还是由教师依据一定的教学目的和特定的培养目标，有计划、有目的地引导学生认识世界，把学生培养成合格人才的过程。因此强调师生共同参与，强调教师的积极主导作用和学生的学习主体作用，都是一种共同参与。尽管文学理论学科课程的特点可能在一定程度上会影响学生的参与程度，但是即使参与程度低一些，也还是需要学生参与的，否则教学将无法进行。这里需要指出的是，文学理论教学过程中的参与重在强调学生的因素，相对于“布道式”教学而言，它要求给予学生自由思考、运用自己理智的时间，给予学生选择教师、安排学习进程的权利，教师要评价学生，学生也要评价教师。除班级教学外，还可以采用小组教学课堂讨论、个别化教学等多种教学形式，事实上上述做法在当下的文学理论教学中还是经常出现的。

2. 它是一个认识与实践的过程。文学理论教学的实践性首先源自理论本身的实践性。理论的实践性品格决定了文学理论教学中的实践性，因为任何一种理论无不来源于实践，受具体的实践的浸润、催发与孕育，并在实践中不断受到检验、证实与发展。实践是理论的源泉，同时理论反过来要指导实践，在实践的检验中发现新的问题、矛盾与现象，从而产生新的理论生长点，创新和发展出新的理论。理论与实践的相生相长、相互交融的关系，既可以使文学活动生生不息，也可以使教学活动永无止境。因此在教学活动中，教师的讲授与学生的学习都应将理论与文学创作实践、阅读鉴赏实践以及理论批评实践结合起来，使得理论保持与实践的密切关系。同时由于理论与实践之间的互动关系，使得师生树立一种新的教学观，即无论是教还是学，其重点都不应该是某些理论知识的简单传授与记忆，而应该是历史的、开放的、动态发展的知识建构的过程。

在文学理论教学中，固然要传授给学生关于文学的性质、构成、体式以及创作、鉴赏、批评等方面的知识，而且还应该将这种知识转化为学生的能力，这也是文学理论教学实践性的表现。在教学活动中教师不仅要传授给学生理论知识，更重要的是要让学生学会理论思维的方法，培养其发现文学和阐释文学问题的能力。比如对文学作品的文本分析能力在教学中应当给予高度重视，所谓“观千剑而后识器，听千曲而后晓音”，学生的文本鉴赏能力是要在广泛阅读各种作品之后才能获得的，这种强化学生阅读与批评实践的做法在教学中是广泛存在的。

从 20 世纪文学理论学科发展的轨迹来看，注重理论的实践性也是一种趋势。在文学理论发展史上按照艾布拉姆斯的说法，文学活动包含四个要素，即“世界—作家—作品—读者”，每一个时代对各个要素关注的重点是不一样的。如果说在 20 世纪三四十年代以前，人们关注的重点在世界与作家，产生了文学的本质论、作家天才论、创作论等这些影响巨大的文学理论的话，那么随着英美新批评派在 20 世纪三四十年代的兴起，文学理论的关注中心就开始转向作品及其文本分析。形式主义理论以及接受美学所关注的文学性问题或者作品的接受与阐释问题，无不与作品的解读、作品意义的阐发和作品价值的判断等实践性工作联系在一起。20 世纪西方文学理论不仅直接为文学史研究和文学批评提供概念、方法和机制判断的基础，而且还常常与批评理论结合在一起，使文学理论批评化。文学理论不仅不再满足于从形而上的高度探讨文学的本质等一类玄奥的问题，甚至一度放弃了对这些问题的探索，而是直接参与对文学作品的解读与具体研究，解释文学作品的意义是如何形成的，读者是如何在文学史的建构过程中发挥其解释作品的意义，从而推动文学发展进程的，这些都是实践性很强的问题。20 世纪中期以后，西方文学理论学科发展的这种趋势也为中国重视教学过程的实践性提供了一些有益的启发。

（三）文学理论教学过程是师生之间的交往与对话的过程

文学理论教学过程是师生之间的交往与对话的过程，这又是我们认识文学理论教学过程的本质的一个观点。

教学实际上都是一种交往行为。没有交往就没有教学，我们对教育过程本质的认识，不能仅停留在认识过程上，而应该看到教学过程也是一种交往过程。

文学理论教学过程是教师“教”与学生“学”的双边交往活动过程。教师受社会的委托，根据时代要求制定教学目标，采用适当的方式教育和培养学生，促进学生的全面发展。而学生在教师引导下，通过教师的讲授、自己阅读书籍以及其他多种影响而获得发展，实现个体的社会化。教师与学生、教师与教师、学生与学生之间的这种交往的最终目的就是传递信息、解决问题。

在文学理论教学过程中，教学交往的主要形式就是对话。对话主要强调教学中所有使用语言的互动行为，它的根本特点是谈话各方共同致力于制造意义。因此教学对话是指师生基于相互尊重、信任和平等的立场，通过言谈和倾听而进行双向沟通、共同学习的方式。

（四）文学理论教学过程是一种学习—认识—实践—完善的过程

教学过程不仅是知识、技能的传递过程，也是学生的世界观、价值观、道德品质、心理素质等形成与发展的过程。知识本身包含着世界观、价值观以及伦理道德、思想政治方面的内容，当学生接受教师所传授的知识的时候，也就接受了某种思想观念，不仅对世界有了某种认识，而且还产生了实践的动力和基础。通过文学理论的教学，使学生形成正确的文学观和世界观。还应该指出的是，理论知识对学生形成完善的人格具有很重要的作用。在理论教学中，教师的学识、信念、态度、作风、行为等都可以潜在地、逐渐地对学生起到熏陶作用，影响着学生的思想、感情、意志、性格等，对学生的人格养成起着一定的影响。

第二节　文学理论教学过程的要素

文学理论教学实质上是教育者对受教育者进行的理性教育活动的过程，在这个活动过程中，涉及下列因素。

一、教师

过去人们常常认为教师是教学活动过程的主体。随着现代教育教学理论的发展，后来，人们又认为学生才是教学活动的主体，而教师只不过起到主导作用。关于谁是教学的主体，这个问题还将会继续争论下去，但是不管怎样谁也不能否认教师的作用。在文学理论教学过程中，教师的作用毫无疑问是十分重要的。

1. 文学理论教师在教学活动中应该起到导向和组织作用。教师作为教育者一般是受过专门专业训练的，所谓“闻道有先后术业有专攻”，教师的职责要求其必须承担起教学活动的指导者和组织者的任务。从教学目标的设计、教学大纲的制定、教材的编写与选择，教学方案的组织实施、教学内容的讲授与传达、教学效果的评估与反馈等各个环节都可以看到教师的主导作用。担任文学理论课程教学的教师在这方面起到的作用要更大一些，因为文学理论课程在学生进入大学之前不仅缺少完整的认识，甚至连起码的感性接触也不多。学生在此前虽读过数量不等的古今中外的文学作品，也或多或少写过一些散文、小说或诗歌。但是很少有学生读过系统的理论书籍，更没有积累起完整的理论知识体系。因此在学习中更需要教师的指导——不仅是课堂教学内容需要更多的讲解，让学生更好地理解，而且即使到了高年级之后，对理论选修课程的选择方面也需要指导，否则学生根本不可能形成合理的理论知识结构。

2. 对于文学理论教师的素质要求更高。较之文学其他课程教师而言，从事文学理论教学教师的素质要求要高一些。有人认为文学理论课程的教学、研究要求的是一种“全能型”的教师，这是有一定道理的。

文学理论课程的教师应当具有理论家的素养、文学史家的知识、创作者的能力和教师的教学艺术等多方面的综合素质，这样才有可能成为合格的文学理论教师。因为较深的哲学文化素养、厚实的文学理论功底、敏锐的理论洞察力不仅是从事理论教学的前提，也是关键。同时由于文学理论教学涉及古今中外的文学现象和社会人文知识，因此它要求教师博古通今。因为要想在教学中游刃有余地征引古今，评说各种文学现象，教师必须得广泛涉猎各种作品，理解各种文学现象。此外要分析作家创作的成败，体悟作家创作的艰辛也是很有必要的，这时候又要求教师尽可能有一定的创作素养或者经历。对于教师的教学技巧而言，主要是要求教师的言说方式富于逻辑性、思辨性，教师要善于运用理论特有的方式让学生感受理论的理性魅力，这时候还要求教师处理好感性与理性的关系。因为文学毕竟是理性的感性显现，文学理论的主要对象是文学作品，是充满着人性之美、人情之美的鲜活的生命（文学形象），或者是富于诗性情韵的意境。因此教师除了是理性的人之外，还应当是感性的，应该能够充分感悟文学的感性魅力，进而体验文学作品的丰富复杂的无穷意蕴。除此之外，还要善于用独特的语言把这种体验和感悟表达出来，传达给受教育者。

二、学生

学生是教学过程的主体。不管是把教学过程看成一种认识过程，还是看成实践过程或者是发展过程，归根到底都要作用到学生身上。因此承认学生的主体地位，充分发挥学生的主观能动性就显得相当重要。在文学理论教学过程中，对学生的这种主体性认识是很不足的，其中一个重要的表现就是教师讲得多，学生学得少。

在文学理论教学活动中，对于学生的基本认识可以考虑把握如下基本观念。

1. 接受文学理论教育的学生是发展中的完整的人。我们说学生是人，主要是要认识到学生是能动的个体，有参与教学活动的能力，有独特的思想情感，有独立的人格、需求和愿望；说学生是发展中的人，就是说学生有着巨大的各种潜在可能性，处在变化中的人；说学生是完整的，是指学生是有生命的，是有着多方面需求的活生生的人。对于接受理论教育的学生来说，理论学习不是“存天理，灭人欲”——不是让他接受枯燥乏味的理论知识的学习，而是要全面发掘其理性能力，发展其个性，完善其人格，使之不仅具有感性的一面，更具有理性的一面。

2. 接受文学理论教育的学生应该是以学习和接受理论教育为主要任务的人。学生这种特定的社会角色决定了他的职能是学习，可以说学习是学生的天职和权利，但是学什么对于学生来说，不仅仅取决于他的兴趣、爱好，还取决于社会需要、环境影响，以及教师的引导等因素，有时候教师的引导更显重要，文学理论学习也是如此，很多学生并非出于履行自己的天职或者因为自己的兴趣才来学习的，一些学生是因为文学理论课程是必修课才不得不学的，有的是为其他目的来学习的等等。有些学生虽然对理论学习抱有兴趣和正确的认识，但是由于理论课程本身难度较大，对于学生来说存在着一定的困难和问题，也就要求教师在教学中能够激发学生的学习兴趣，帮助学生克服这些问题。

3. 接受文学理论教育的学生应该是具备学习理论条件的人。与中学生相比，大学生认知活动的发展特征有其特点，在观察力上随着抽象逻辑思维的发展，其观察能力的目的性、计划性、组织性都达到了相当高的水平，观察范围也有所扩大，通过观察去认识事物，发现问题、解决问题的能力更强；在注意力方面其注意力的稳定性更高，适合学习一些理论性较强甚至较为深奥枯燥的课程；在记忆力方面记忆的准确性、持久性、敏捷性等方面都有一定的优势，已经发展到以逻辑记忆为主，而非中小学生以形象记忆为主；在思维能力方面，其抽象思维能力特别是辩证思维能力得到很快的发展，思维的独立性、逻辑性、批判性、灵活性、创造性都有很大的增强，能够全面分析问题，容易接受新知识、新思想，不迷信权威。此外大学生在自我意识、表现欲望、兴趣特征等方面也有自己的特点，比如有的对自身长于逻辑思维的意识特别早，对理论学习确有兴趣，有的逻辑思维能力强于形象思维，在这方面表现欲望也特别强烈等，这些都是学习理论课程不可缺少的条件。

三、教学内容

文学理论的教学内容随着社会历史条件的变迁而有所不同，这主要集中在教材的发展变化上，其基本范畴、核心命题、框架体系甚至具体的提法都会随着时代的变化而有所改变。现行的课程体系中由于高校办学自主权的扩大，各校会根据自身的学术积累独立设置一些课程。各校在选择教材方面还有充分的自主权，甚至还可以自主编写教材。此外，即使使用同一本教材，不同的学校不同的教师，在对不同的章节、不同的内容的取舍增删、重难点的把握、对具体问题的分析等方面也各不相同。可以说对教学内容选择和处理有较高的自主性、灵活性是高校教学区别于中小学教学的重要之处。这种自主性和灵活性体现了大学一直以来崇尚的学术自由，对教学有很大的促进作用。因为有了这种自由，教师就可以把自己的研究和教学结合起来，根据自己的学术积累以及社会、学生的需求不断发掘、创新、传播一些新的学术观念，推动学术的发展和人类知识的创新。

四、教学方法

教学方法是在教学过程中，教师和学生为了实现教学目的、完成教学任务而采取的教与学相互作用的活动方式的总称。它是教学过程中整体结构的一个重要组成部分，因此是教学的基本要素之一。

在文学理论教学中，教学方法的选择所起的作用是非常重要的，因为教学效果的好坏往往与方法的选择恰当与否是分不开的。历史地看，各个时代的教学除了继承以前的教学实践中行之有效的方法之外，还有反映一定时代特征的新方法的诞生。在目前的文学理论教学过程中，对教学方法的选择与使用的重视程度是不够的。绝大多数学校和教师所选择的方法还是非常古老和传统的讲授法，其长处在于教师在教学活动中居于主导地位，保证教学内容的传达和教学目标的实现，有利于加强对教学过程与结果的管理，也有利于教师对学术观点的灌输，但是其不利之处也显而易见。文学理论教学有思想教育的一面，在一定程度使用灌输的办法可以保证思想教育能够落到实处，但是这并非长久之计。过多的讲授，容易导致课堂气氛沉闷，使学生昏昏欲睡，对理论学习产生厌恶心理。这时候即使再使用新的教学技术，比如多媒体等也未必有用，也不一定能增加课堂的活力和教师的魅力，文学理论教学的效果也难以实现。此外在教学中还涉及考试制度和方式的改革问题，包括课程考试和研究生入学考试。一些学校采用的考试方式也显得落后。比如过分强调所谓的基础知识的学习，过多地考查一些机械记忆的题目；或者使用一些与现代教学理念不吻合的题目类型进行考试，如一些令人无从选择的选择题和不存在着是非判断的判断题等。实际上在文学理论教学过程中，考试作为教学评价的方式之一，它应该是服务于教学目的的，应该更注重培养学生的理解能力和分析能力，即使是记忆也应该是理解记忆而非仅仅是机械记忆。因此，在考试方法的选择上仍需进一步突破。

五、教学环境

教学环境问题是文学理论教学中最容易被忽略的问题，从哲学上看，环境主要是指我们所研究的主体周围的一切情况和条件。人的生存和发展离不开环境，环境决定和造就人，人反转过来也影响和改造环境，教学环境就是学校教学活动所必需的客观条件和力量的综合。

广义而言，社会制度、科学技术、家庭条件等也属于教学环境。从狭义来说，教学环境主要是指学校教学活动的场所、各种教学设施、校风、班风、师生人际关系等。

对于文学理论教学而言，教学环境也是影响教学质量提高的基本因素，比如目前的文学理论教学面临一个大众文化占据统治地位、传统的所谓经典逐渐不被重视的环境，这个特点对文学理论的教学所产生的影响就不容低估。20 世纪 90 年代以后，科学技术的高度发展，特别是网络技术与多媒体技术的飞速发展，人们的物质生活条件的不断改善，闲暇时间的不断增加，用于文化娱乐与消费的时间、精力、等的不断增多，青年一代大学生对流行文化表现出极大的热情，对经典文学作品的兴趣则在不断下降，审美情趣不仅与 20 世纪五六十年代的人不同，与 80 年代的大学生也有很大不同。青年一代对所谓经典作品，即老师要求掌握的作品往往兴趣不大，不愿阅读，只是到要考试的时候才匆匆去浏览一遍，甚至只看内容提要，而把更多时间和精力用来阅读时下流行的作品。又比如说随着网络写作的出现，传统的文学表现形式被突破，一些新奇甚至古怪的写法在文学作品中也不断涌现，甚至一些表现手段已经开始渗入文学，如手机小说或者手机短信文学，有一些作品的表现能力和效果已经不亚于传统的文学样式，这些因素的变化无疑对文学理论的教学带来新的尚难估量的影响。

其实在文学理论教学过程中，各因素是相互关联、相互影响的。没有教师教学就没有主导和领航人；没有学生教学就没有对象和目的；没有内容教学无从实现；没有方法教学将会混乱无序，难以进行；没有环境教学也同样无法存在，所以诸多方面，缺一不可。

第三节　文学理论教学过程的改革

和所有的事物的发展要随社会生活的发展而发展一样，文学理论的教学随着时代的发展、社会的变迁、高等教育事业的不断进步而有所发展，使得各校教学的各个环节都面临着改革的问题。文学理论教学改革中的许多问题已经开始为专家、学者们所重视并开始有所改变。

“文学理论”是高校中文本科专业的基础课，对树立中文专业学生的专业意识、提高其理论素养、培养其文学批评和理论思辨能力，都有重要意义。但近年来，文学理论课程教学似已陷入重重困境，教学目标设定、教材编写、教师讲授方式、学生能力培养等方面都与时代和实践产生了隔阂。某种程度上，当下的文学理论课程在中文系也成了呆滞无趣的代名词，令人望而生畏，因而难以实现该课程本应承担的任务。文学理论的教学困境与理论本身的特殊性有关，也与我国高校现行的管理模式、教学制度等宏观教育实践环境有关。但对于奋战在一线的高校教师而言，与其坐而论道，等待大环境的改变，不如化整为零，率先实现某些具体可行的教学目标，逐步推进高校教学改革。故本节从“让理论变得鲜活，让教学变得有效”这一具体目标出发，在实践基础上提出摆脱文学理论教学困境的某些设想。

一、突出“化虚为实”的总体思路

在中文系大一开设的专业课程中，学生普遍认为文学理论是最难懂、最难学的课程。的确，相对于以陈述事实为主的文学史，文学理论的抽象程度很高，理解起来自有难度；再加之某些理论话语远离了生活实践，变成了生冷僵硬的知识，对学生难以产生冲击力。

为了让学生能够接受理论，先要让理论变得鲜活起来，有血有肉方能入情入理。为此，在文学理论的教学过程中，必须突出“化虚为实”的总体思路。所谓化虚为实，就是将理论语境化，在具体化、历史化的思维中把握理论的生成方式、具体内涵及实际用途，并在形象化、情景化的教学氛围中拉近理论与学生之间的距离，使教学过程意趣盎然。

有关理论的边界问题已有公论，我们无法将某一理论看成是普适性的、放之四海而皆准的真理。文学理论虽是对文学基本规律的总结和呈现，同样带有语境性，往往是特定时期文学观念的反映。因此，在教学过程中，教师可以运用语境化思维还原理论话语的生成过程，使学生在具体情境中把握理论的内涵和有限性，并进一步形成对理论的反思批判立场。如在讲解“文学是一种审美意识形态”这一观点时，并不是简单否定或肯定之，而是提醒学生思考以下问题：“这一观点是由谁在什么时候提出来的？为什么在20世纪80年代的中国成为一种主流的文学观念？而现在又为什么会遭到质疑？”

很多理论话语都是由文论家提出的，教师在阐释理论观点时还可将之适当地与文论家的人格与境遇相联系。这样，一方面，因有具体人事为依托，理论容易获得生命感；另一方面，也呈现了理论背后更为鲜活的历史语境，拓展了学生的视野。如讲解金圣叹有关人物性格的理论时，可选择知人论世的讲述方式，先让学生搜集整理这位理论家的生平资料，在激发学生的兴趣并对晚明个性解放思潮有所理解的基础上，再分析中国古典小说创作和评点中“个性说”的内涵和所指。在讨论中，一些学生能将金圣叹的人物性格评点理论和西方的典型性格说加以比较，深化了对中西文论中人物性格理论的理解。

文学理论的鲜活性最终体现为它在当下文学批评实践中的活跃程度。也就是说，教学中无论是例证、个案、考题、作业的选择都要尽量贴近当下的文学实践和学生的生活经验，并以提升学生文学欣赏、批评的能力为目标。如意象、意境和典型是必讲的基本概念，但在选择讨论个案时，最好能从最新的文艺现象中寻找易于被学生接受的例证，以求达到最佳效果。电影《少年派的奇幻漂流》。这部电影中既充满了各种耐人寻味、富有象征意味的意象，又塑造了丰满的典型人物，同时还以唯美的特技摄影呈现出如诗如画的意境，很适合作为分析的例证。当学生将意象、意境和典型的概念作为切入路径来赏析这一原本熟悉的电影时，他们在对电影有了更多的理解和发现的同时，也让这些概念展现出应有的活力。

二、建设适合一线教学的个性讲义课件

如果说教学思路是教学过程中的灯塔，那么合适的教材和课件则是教师手中的船和舵，没有它们，就无法将学生送往知识和能力的彼岸。作为高校教师，面对当下林林总总的教材，所要做的工作往往是批判性地协调。所谓批判性协调，是在大量阅读各类教材的基础上，结合本校学生的实际情况，选择一些既能体现知识的系统性，又有利于培养学生能力的重点、要点，进行重新结构和编排，最终形成适合一线教学的个性讲义课件。

在倡导多元的教学改革思潮中，各类新编的文学理论教材不断涌现，就是同一作者主编的教材也一年一变，修订三版、四版都不足为奇。作为一线教师，需要对当下各种教材的特点和优势了如指掌，并具有足够强的辨识选择能力，在教学过程中才能收放自如。一般情况下，因大一学生处在高中到大学的过渡阶段，指定参考书目，可使其在学习过程中“有本可依，有章可循”，不至于晕头转向。为了适应学生的这一特点，教师在海纳百川的视野中，应选择其中一本教材作为主要参考书目，再补充糅合其他教材中某些有价值的内容编撰讲义。在此基础上，再根据本地、本校、本班的实际情况，稍作调整，编撰出适合年度教学的讲义和课件，以求达到最佳教学效果。这种编撰讲义的方式表面看来很像鲁迅式的“杂取种种，合成一个”，但其出发点却是“立足现实，因材施教”。

编撰讲义与撰写论文的不同在于，后者以创新为目标，而前者必须以帮助学生形成对文学的基本理解和体系意识为出发点，以培养学生的文学欣赏与批评能力为现实目标，故不能一味求新立异。一般来说，编撰讲义的第一步是确定课程的主要知识点，也就是所谓教学大纲的确定。教学大纲的编撰一定要遵循“重点突出，各个击破”的原则，切忌眉毛胡子一把抓，什么都涉及。某些与学生知识、经验脱节的教学内容要做出调整和压缩，以适应学生的接受水平，也节约讲授时间。而另一些需要重点阐释的内容则要结合实例，采取多种方式讲透、讲清。有时，还需根据学生的实际情况灵活处理讲授要点，做到传道与解惑并重。如有关文学的审美价值与文化价值的问题，多数教材语焉不详，一笔带过，一般教师也是随口一说，未曾深究。但笔者在教学过程中发现，历年都有一些学生对此很感兴趣，穷追不舍。考虑到解决这一问题可帮助学生进一步理解文学性，又涉及时下流行的文化研究范式的根基所在，笔者特别设置了个案分析的讨论环节。以

学生较为熟悉的宋词《生查子·元夕》为例，分析这首词的审美价值与文化价值的关系。通过讨论，学生将两者的关系总结为：文学作品的审美价值一般指其艺术上的独创性，而文化价值则往往较为宽泛，包含了审美价值、认知价值、伦理价值；对两种价值的考察分别形成审美分析和文化研究两种路径。这样，借助一个点的解剖，学生至少在理论上清楚了文学批评的两种不同路径，效果不错。

在确定好教学大纲之后，可围绕知识点将教学内容分成若干讲，每一讲以问题、话题和主题切入作为讲义的主要线索，这既有利于学生抓住学习重点、培养问题意识，也有利于教师形成脉络清晰、重点突出的教学思路。同时，在编撰讲义的过程中，要特别重视例证的选择和整理，用以分析讨论的例证来源最好多样化、动态化：引经据典的部分固然需要，当下的文学文化实例更需不断补充，地方文化资源亦可适当吸纳。这种强调多元化、动态化的举例策略，“不仅是为了适应当代文化语境，吸引作为学习者的当代大学生，而且是为了通过对当代文化产品的批评分析，使文学理论知识在运用中变得鲜活起来，从而促进学生对这些知识的掌握，并最终转化为他们理解和认识这个时代的思想方法”。

随着多媒体教学环境的逐步完善，课件得到普遍使用。课件功能是多元的，它既可替代传统板书，发挥标记关键词语和重要表述的作用，又将图片、音频、视频等形象化手段引入教学过程，激发学生的学习兴趣；从教师备课的角度来看，课件制作过程是教学思路进一步具体化、条理化的过程，是第二次备课。好的课件往往体现了教师对教学内容和教学方法的娴熟把握。就文学理论而言，课件制作无须太注重形象性，却要特别强调“逻辑清晰、重点突出”的原则。首先，幻灯片的播放编排顺序应遵循阐释文学理论的逻辑，以层层深入地展现理论的生成、内涵及运用的过程为妥；其次，文字要简略。成段成篇的完整表述要让位给凝练概括的纲要式表达，但又不可随意摘录讲义，要重新整合；最后，课件内容无须与讲义完全一致，面面俱到，可多留些空白让学生去思考。

编撰个性化的讲义课件，是教师对教学内容吸纳消化和重新整合的过程，目的是因材施教，达到良好的教学效果。以此为基础，在文学理论教学中，师生双方的主动性都能得以激发和培养，文学理论也就变得鲜活起来。

三、推行研究性教学模式，培养学生的创造性思维

好的教学思路和讲义课件，最终依靠具有创新性的教学方法和教学模式加以落实和体现。但长期以来，我们的文学理论教学一直以“教师讲、学生听”这一传统教学模式为主，重传授而忽视探究，重统一而忽视多样，无法激发学生的主动性。文学理论课程的教学过程，不是单纯的理论知识的传授，而是要指导学生如何去运用理论；比起知识的获得来说，学生思维能力和思想素养的提升更能体现文学理论教学的价值。理论不仅仅是一种知识体系，更是一种系统的反思性、批判性的思维活动。因此，应该将文学理论课程定位为人文教育中的思维课、思想课，强调其方法性和反思性，努力推行研究性教学模式。研究性教学模式从根本上颠覆了传统的“教师讲、学生听”的教学模式，要求从学生的“学”出发，贯彻“将已有答案变成有待解决的问题，并在对问题的追问中形成方法和能力”的基本原则。这与理论所要求的反思能力和思想能力有着内在的一致性。

通过推行研究性教学模式，文学理论教学将培养学生“接着说”的能力。也就是说，既对前人的理论观点有清晰把握和理解，又能尝试提出新的文艺问题，或以新的方式重提某一问题；既能敏锐洞察文学理论的时代意义，又能揭示某一文学话语自身的矛盾与问题，最终在教学活动中达成对学生创造性思维品格的培养与提高。如“文学是什么”是文学理论课程教学要面对的基本问题，传统的教法是：在分析比较了前人的若干观点后得出唯一“正确”的答案——“文学是一种审美意识形态”，或“文学是语言艺术”。这一教法凸显的是灌输性的知识框架，不利于培养学生的创造性思维。在研究性教学模式中，由于教学目标不是获取唯一的标准答案，而是激发教师和学生的创造欲，整个教学过程就采取了相反的思路。“文学是什么”作为一个有待学生去解决的开放性问题被提出之后，教师要求学生在查找资料、积极思考、讨论分析的基础上形成自己的观点。当一些学生提出较为独特的看法时，教师尽可能给予理解和支持，不以老师的权威去随意压制和否定。这样，在讨论式、协商式的教学过程中，“文学是什么”这一问题就变成了“文学可以是什么”，从而使得学生获取知识的过程也成为思维能力和思维方式得以改变的过程。

以问题研究为中心的研究性教学，必然打破传统以课堂为中心的教学模式，显现出时间和空间上的开放性，从而要求教师付出更多心血和时间。首先，教师不能再照本宣

科，而需将教学内容以问题和主题的方式不断调整和重新整合；其次，教师对学生的兴趣个性要有更深入的了解，在此基础上才能合理分组，个别指导；最后，除了课堂讨论和讲授的环节，在学生查找资料、撰写报告、答疑解惑等课堂教学之外的环节中，教师都要持续跟进，投入大量时间和精力。值得注意的是，当教学拓展到课本之外的海量——知识网络之后，教师和学生一样要时刻面对新问题、新现象，这就对教师的能力结构提出了挑战。教师需要不断学习，在更新知识结构的同时，还要培养自身敏锐的思维与语言能力。但这种开放性，也正是文学理论教学的活力所在。当师生的创造性思维都在需不断刷新和跟进的互动氛围中得以激发和强化时，文学理论也不再缥缈空洞，它变成了活跃的认知对象和实践工具，真正鲜活起来。

四、以能力考查和过程性评价为主要评价方式

文学理论课作为中文系学生的必修课，通常有闭卷考试要求，而传统的考试试卷要求具备填空、选择、简答、论述等题型，以知识考查和记忆力考查为主。这样，学生有时只需在考试之前机械记忆要点就能通过考试，考完之后便将之置于脑后，毫无印象。对于文学理论而言，这种考试模式费力不讨好：教师忙于出题，学生忙于背诵，但学生的理论水平和运用理论的能力却无法通过考试显现出来。只有逐渐改变这种单纯的知识评价模式，建立重视学生实际能力的考查，并从注重考试结果的终结性评价转化为注重教学过程的发展性评价体系，才能促使文学理论教学成为培养学生理论水平和批评能力的鲜活源泉。

文学理论以能力考查为重要评价方式，因此，考试出题时应增加评论性题目的分值，减少或者取缔填空、名词解释等机械记忆的考题类型；批改时则要重视学生的创见，淡化标准答案的批改思维。此外，还要注重教学过程每一环节所具有的评价作用，加大课堂讨论发言、课后作业、读书汇报会、主题辩论会的表现以及撰写批评文章的数量和质量等在总成绩中的比重。还可以充分利用新媒体，如在线上建立学习小组，在网站上注册问题讨论组，积极介入当前的文学和文化实践之中，通过点击率、跟帖率进行评比，考查学生的自主研究能力和研究成果的社会化程度。

对教学的过程性评价，应改变以考试分数为唯一聚焦点的评价模式，确立一系列更能激发创新力的评价指标。从教师方面而言，需要评价的是文学理论的内容和教师的讲

授是否能激起学生对文学理论的好奇心和学习积极性，是否经常布置具有挑战性的作业，是否可以激发学生的创造灵感，是否能让学生养成良好的思维习惯，是否可以培养学生的文学批评能力等；从学生方面而言，则看其学习过程中是否敢于表达自己的理论见解，是否能够保持对文学理论学习的兴趣和意志等问题。这种过程性评价秉承一种发展性评价的目光，不拘泥于学生一时的学习效果，而是纵向跟踪其学习过程，重点考查其成长过程和进步程度，相对而言更加公平合理，也更能激发学生的学习兴趣。

但需要指出的是，就注重思想性的文学理论教学而言，过程性评价的可行性应建立在良好的沟通反省机制之上。也就是说，师生之间不但要形成频繁良好的双向互动，而且要特别注重培养一种反思自省意识。学生的课堂笔记、课堂录像、讨论录音，教师的课后反思笔记，以及师生在线上学习群的互动记录等都可以成为深层的自我评价机制的构成部分。这种自我评价机制比外部的、固定的评价方式更能促进双方的进步与发展。我在文学理论教学中，就特别注重发挥这一沟通反省机制的内在评价作用。作为教师，笔者坚持做好每一堂课、每一次文学活动的录音、录像或反思笔记，主动与学生交流并耐心听取不同意见，及时调整自己的教学策略。对于学生，可以要求他们轮流记录每一堂课、每一次活动的情况，并及时向老师反馈意见。同时，每学期定期召开教学总结会，在轻松和谐的氛围中，师生双方对文学理论教学中存在的问题进行讨论分析，并寻求解决的有效途径。这种以内省意识为基础的过程性评价方式，真正发挥了文学理论所具有的思想力量和人文关怀意识，使得文学理论教学成为促成师生共同成长的有效平台，提升了师生的人生境界，有利于培养出具有自我发展能力的新一代优秀人才。

当前高校教学普遍存在理论课时过多、实践环节不够的问题。但如果忽视理论的作用，或将实践与理论截然分开，同样也是一种肤浅短视的教育模式。因为理论意识是一种思想的意识与能力，是一种建立在独特判断之上的话语能力。理论既来源于实践，又将指导新的实践。因此，如何将理论课程与实践更紧密地结合起来，让理论在实践中变得鲜活有力，是高校必须正视的教学改革方向。文学理论课程也应围绕这一方向和目标勇敢迈出教学改革的步伐，充分发挥这一课程在培养具备创造性思维与能力的中文专业人才中的重要作用。

第十二章　文学理论教学改革理论

第一节　新媒体时代文学的发展

文学理论是中文系专业教学中的核心课程之一，它的教学活动既具有显著的理论逻辑体系，也有着深刻的实践价值。因此在文学理论教学中，教师和学生要充分兼顾经典与时代、理论与实践、分析与运用之间的关系，让文学理论知识更扎实，应用性实践经验更切合现实研究的需要。

在网络和新媒体时代，不仅是文学研究和文学理论遇到了发展和研究瓶颈，文学本身的存在意义和价值也听到了许多质疑的声音。在当前的语境中文学的价值在哪里，学生如何创作文学作品，如何深入研究文学活动、文学现象的内涵和价值，以及如何将专业性的学习融入实际的社会实践中，这些问题既是文学理论教学中要强调解决的重点问题，也是新媒体时代人文社会发展的重要文化课题。

一、新媒体时代文学理论教学发展现状分析

新媒体是21世纪以来给各行各业都带来巨大变革的重要科技创新产物，作为传播的新形式、新渠道和新平台，它给社会文化和文学艺术的传播和教育带来了深刻的影响。

首先，新媒体的出现是电子信息化媒体文化对传统纸媒文化的一次巨大挑战，在电子信息化媒体中，图片、音频、动态视频与文字共同组成了传播内容，文字在新媒体传播中的重要性被分化，人们对文字和文学的重视急剧减少。具体来说，广播、电视、电影、新媒体视听平台等多元化的传播形式进一步加快了广大受众群体的视觉转向，文字逐渐沦为新媒体传播时代的配角。从时间上来分析，很多人阅读书籍的时间是远远少于看电视电影和刷视频的时间的，即使是阅读者也逐渐开始倾向于碎片化的阅读方式和网络文

学的娱乐性阅读。在图片、音频、视频、碎片化阅读和娱乐化阅读的文化传播环境下，文学创作和文学理论研究正在迎来巨大的价值危机。

其次，文学理论学术研究和课程教学内容的更新速度和完善速度较为缓慢，经典性的文学理论体系在时代的快速发展中逐渐暴露出新的不足，不能更好地融入文艺发展的现实需求之中。文学理论的研究有着显著的历史性和经典性，有着较为深刻的传承脉络，在文学理论的教学中教师往往会针对经典的文学理论体系进行深刻的解读和说明，但是在这部分的教学内容中却忽视了经典和时代的融合。在文学理论教学活动中，部分学生会误认为所学习的内容离自己所处的文化生活相距甚远，这种错误的认知会给学生的学习积极性和主动性带来深刻的不良影响。因此文学理论的学术研究和课程教学设计必须紧密联系现实的文化生活，在新媒体语境中就要充分考虑新媒体时代中文学的形态和文学理论的新研究趋势，从而让学生在历史性和时代性相对平衡的文学理论教学中切实提高对文学和文学理论的认识和理解，有效加强自身的人文素养。

最后，新媒体时代给文学和文学理论教学带来的不仅是危机和挑战，还有着不可忽视的创新和机遇。一方面新媒体的信息化传播方式加速了语言文化的碰撞和融合，文学和文学理论的交流也逐渐趋向于开放和多元，在国内外的学术研究和互动中，文学理论获得了更广阔的研究视野，给文学的创作和发展带来了许多新的机遇，价值的启示和指导。另一方面文学理论教学的课程设计可以在多元化的新媒体技术手段中变得更加生动和鲜活，转变学生对文学理论学习的不良印象，用丰富和有趣的新媒体展现方式激发学生在文学理论学习中的积极性和主动性，切实提高文学理论教学的教学效果。

二、新媒体时代文学理论教学课程改革的重点和难点分析

面对新媒体时代给文学理论教学带来的危机、挑战和机遇，文学理论教学课程改革和创新应当充分结合当下的语言文化发展背景，综合文学理论教学中的重点和难点，循序渐进地化解传统文学理论教学中的困境，创新文学理论教学的新模式。具体来说它的重点和难点包括以下三点。

一、文学理论教学模式的多元化和丰富化。在新媒体时代传统的以教师为中心的单向性教学模式已经不再符合新一代学生的认知习惯和学习方式。对如今学生来说，他们正处于一个新媒体整合的多元语言文化环境之中，新媒体的语音、视频、音乐、碎片化

信息和网络文学都对他们产生着深刻的影响，因此在文学理论教学中，教师应当转变教学模式，以学生为中心，探索文学理论和实践体系，总结与新媒体时代的沟通方式，创新与新时代学生的互动方式，积极改变和引进创新的、多元的、丰富的教学手段和教学模式，让文学理论的课堂更加亲切、生动，更能够吸引学生的关注。

二、新媒体语境下文学理论教学网络信息互动平台的搭建。在新媒体时代背景下，文学理论的教学资源、教学活动、学术研究成果和文学创作活动需要在更信息化和数字化的平台中得到充分交融和促进，进而加快文学理论体系和实践体系的交流、完善和创新。在新媒体环境中国内外的文学理论学术交流活动日益频繁和深入，中西方文化的碰撞和交流让文学理论获得了较大的发展，对此高校的文学理论教学也应当积极汲取这部分的成果，利用新媒体和互联网的便利，加速文学理论教学网络信息资源平台和信息互动平台的搭建，让文学理论的教学改革和文学理论的学术创新能够实现更紧密的联系，让学生能够透过文学理论的教学活动充分感受到文学理论在现代文化语境中强大的生命力和社会研究价值，进而提高对文学理论学习的信心和兴趣，增强文学理论的学习效果。

三、新媒体语境下，专业教学活动和就业选择的平衡和兼顾。传统的文学理论教学专业性较强，在文学理论批评学术研究和文学创作探索上有着较强的针对性，随着大学教育的普及化和大众化发展趋势，专业的教学活动和教学目标还应当关注学生的就业选择和就业能力培养，挖掘文学理论教学中在提升学生人文素养和语言文化能力中的重要组成部分，让学生的语言应用能力和社会适应能力得到显著的提升。在新媒体语境下，教师和学生能够更多地接触社会文化的发展现状和社会就业的最新情况，文学理论的教学不可能脱离社会需求来进行教育活动，对学生来说最重要的还是在文学理论的教学活动中能够收获什么、提高什么，以及文学理论的学习能否提高他们的竞争力。这些现实问题不应该被忽略，反而应该在教学活动中得到充分的重视，只有这样才能更好地与学生的学习需求形成深刻的互动，得到学生的理解，提高学生对文学理论教学的认可度和参与度。

三、新媒体时代文学理论教学的创新发展路径

落实到具体的文学理论教学活动，新媒体给教师带来的启发更多地反映在教学模式、教学手段和教学内容的创新上。

就教学模式的创新来说，新媒体时代是一个受众价值被凸显的时代，也就是说，在文学理论的教学环节，学生的学习需求、学习习惯、学习状态、学习体验和学习效果是教师在进行课程设计中必须充分考虑的内容。从当前的整体趋势来看，文学理论教学正在朝着多边互动的教学模式转变，一方面教师开始重视以学生为主体的教学模式，与学生之间形成更紧密的交流互动关系，根据学生的反馈来调整教学的流程设计，以满足学生的需求，让文学理论的课程教学能够真正地被学生理解、接受、消化、整合和应用；另一方面学生也要通过新媒体的开放渠道和社会文化的发展需求形成多层次的互动。

就教学手段创新来说，新媒体是信息科技发展的产物，它的技术创新性同样也反映在相关的信息化媒体设备和工具中，文学理论的教学活动可以灵活引入这些新媒体设备工具，让语音、视频、文字能够通过新媒体的设备同时呈现在课堂上，让经典的文学理论体系能够生动活泼地被学生所认知和理解。新媒体设备在表现力和吸引力上有着传统教学手段所难以比拟的优势，对此在课堂中引入多媒体设备和新媒体的传播互动方式，有助于提高课堂的趣味性和亲切感，能鼓励学生积极地参与到课堂活动中，发现和思考文学理论中理论架构和实践成果中的现代价值和现代意义，让文学理论焕发出新的生机。就教学内容的创新来说，新媒体的传播内容趋向于精练有趣、生动活泼，教师应当顺应新媒体传播内容的变革方式，对文学理论中的教学内容进行再整合和再创新，帮助学生将经典的文学理论以更符合时代传播的方式呈现出来：一方面提高学生对传统文学理论知识的理解效率，另一方面也能够推动经典文学理论在新媒体时代的传播，让受众能够重新审视文学和文学理论在现代创新发展中的价值。

新媒体的应用和传播是文学文化发展中的一个重要影响事件，对文学理论教学来说，新媒体带来的是教学理念、教学模式、教学手段和教学内容的全面革新，从外向内看新媒体丰富了文学理论的教学资源，让学术研究的成果能够更快地反映到课程教学和社会实际应用之中；从内向外看文学理论的教学需要突破自身的传统束缚，以更加亲切、活泼、有趣的形象重新融入学生的专业教学中。

第二节　面向21世纪文学概论教学改革

一、文学理论教学的双向拓展

童庆炳先生在《面向未来的思考——文艺学教学改革与教材建设二人谈》一文中说："双向拓展是指向宏观和微观两方面拓展。"从宏观方向拓展，就是让学生始终关注学术前沿，关注当前正在兴起的文化研究的思潮，我们试图把文化研究中国化，叫作"文化诗学"；从微观方向拓展，就是强调文本的分析，让学生有对作品的分析能力。

后来这种做法也被概括为：在教学内容上，一方面向宏观的跨学科的文化研究拓展；另一方面向微观的具体文本分析拓展，这两方面相互交叉、渗透和共生，极大地有助于全面揭示文学现象的丰富内涵与深层奥秘。

这种做法不是把文学看作是纯审美的东西，而是认为它依存于社会、历史与文化之中，因此可以透过作品的形式，看到作品的文化意义，通过文化的视野来讨论文学问题，而且特别重视对文学作品的解析，展示文学作品的分析实践过程。在这方面全国已经有不少先行者。他们的探索已经取得了很好成效，成为文本分析与研究以及文学理论教学改革的领头羊。其中华中师范大学王先霈教授倡导的对文学作品的细读，让学生认真研读作品，掌握进入作品、分析作品的形式的方法，培养学生用各种不同的方法来面对作品的能力，也是很有意义的举措。

二、大学文学概论教学的改革案例

某大学文艺学学科改革尝试则是最近几年的事情。按照他们的设想，改革的第一步是：把文学理论课程一分为二，从原来的一门课改为两门，即文学批评案例教学与文学理论基本问题，同时调整开课时间。一般大学都是在一年级开设文学理论课，但由于一年级学生刚刚从中学上来，其理论思维能力还很薄弱，所以在一年级开设文学理论这门中文系最枯燥无味的课程，这本身就显得非常不合理。加上现有文学理论教科书又充满了各种关于"文学与现实的关系""文学创作的规律""文学的发展规律"等"宏大叙事"与抽象理论，学生要真正消化这些知识相当困难，因此他们首先在大学一年级开设文学批评的理论与实践课。这是一门类似文学批评案例教学的课程，主要是通过对具体的文学作品的分析，把中国与西方文学批评中的几种主要的批评方法（比如社会历史批评、文本形式批评、符号学结构主义批评、精神分析批评等）教授给学生。一般情况下通过一部作品讲解一种方法，当然也可以针对同样一部作品，分别从几种不同的方法出发，加以分析以体现其差异。与一般的文学史或文学欣赏课程不同的是该课程的目的是通过解剖一部作品来传授一种方法，重点是方法的传授让学生可以学到解读作品的途径，不是给他们“猎物”，而是给他们“猎枪”。

改革的第二步是：到大学三年级的时候开设理论色彩较浓的文学理论基本问题课程，因为这时学生已经有了比较多的感性积累与理论训练基础。这时的课程设置可以在阅读中国与西方大量具体的文学理论知识的基础上，提炼出几个文学理论的基本问题，然后分别介绍中国与西方文学理论史上关于这个问题的有代表性的观点，突出文学理论知识的地方性（民族性）与历史性（表明文学观念的历史变化）。不预先设定文学的“本质”，也不认定什么统一的、标准化的“创作过程”“文体特征”以及文学的“欣赏方式”，而是立足于把历史上各种关于“文学”的比较典型的理论观点客观地介绍给学生，提供思考选择的空间。

上述是大学文学理论教学改革具有代表性的范例。它所产生的影响已得到同行的高度评价和认可。

第三节　精品课程的建设概况

一、精品课程的提出

我国高等教育快速发展人民群众不断增长的教育需求同教育供给特别是优质教育供给不足的矛盾，是段教育发展面临的问题。一些地方教育投入严重不足，教育基础设施和教师队伍的水平都远远不能适应教育现代化的要求。教育部为了提高高校的办学质量，曾启动“高等学校教学质量和教学改革工程”（简称质量工程）。其中精品课程建设是“质量工程”的重要内容之一。利用现代化的教育信息技术手段将精品课程的相关内容上网并免费开放，以实现优质教学资源共享，提高高等学校教学质量和人才培养质量。同时各省市、各学校也相应建设一批省级或校级精品课程，以此带动课程建设的发展和教学质量的提高。

为此，教育部专门发布了《关于启动高等学校教学质量与教学改革工程精品课程建设工作的通知》，后来又连续发布了多个补充通知，部署精品课程的评审和建设工作。

按照有关文件的提法，所谓精品课程是指体现现代教育思想，符合科学性、先进性的要求和教育教学的规律，具有鲜明特色，并能恰当运用现代教育技术、方法与手段，教学效果显著，具有示范性和辐射推广作用的课程。文件要求精品课程要具有一流教师队伍、一流教学内容、一流教学方法、一流教材、一流教学管理等特点和示范性。

精品课程包括六个方面内容。

一是教师队伍建设，要求逐步形成一支以主讲教授负责、结构合理、人员稳定、教学水平高、教学效果好的教师梯队，按一定比例配备辅导教师和实验教师。

二是教学内容建设，教学内容要求具有先进性、科学性，及时反映本学科领域的最新科技成果。

三是使用先进的教学方法和手段，相关的教学大纲、教案、习题、实验指导、参考文献目录等要上网并免费开放，实现优质教学资源共享。

四是教材建设，要求建设或使用精品系列教材，包含多种媒体形式的立体化教材。

五是实验建设，要求大力改革实验教学的形式和内容，鼓励开设综合性、创新性实验和研究型课程，鼓励本科生参与科研活动。

六是机制建设，要求建立相应的激励和评价机制，鼓励教授承担精品课程建设，要有新的用人机制以保证精品课程建设等。

二、精品课程的特点

精品课程除了要求到达五个“一流”，有示范性等特点外，还有一个很重要的特点，即利用现代教育技术，实现教学资源网络化。

（一）精品课程必须有本课程的网页，课程主页框架上一般包括如下窗口设计

——课程简介、课程责任人、教学队伍。

——教学大纲、教学计划、教学具体内容（授课教案）、习题。

——教学研究、学术科研。

——人才培养改革、教学实践（实验、实习、见习等）。

——课程评价，包括自我评价、同行评价、学生评价（BBS 等形式）。

同时提倡根据课程特点的需要，建设论文库、参考书（文献）库、视频库、音频库、多媒体动画、软件下载等教学资源库窗口。

另外在网上还应提供主讲教师授课的不少于 45 分钟的现场教学录像，教学录像的具体标准要以教育部标准为准。

（二）精品课程资源网络化的具体内容

课程简介是对课程教学队伍、教学内容、教学条件、教学方法与手段、教学效果、课程特色的总体介绍，以文字描述为主，一般不超过 3000 字。

课程责任人的年龄、职称、教学研究、教学改革活动及成果、学术研究专长及成果、联系方式等信息，提倡以图片、影像及文字等形式形象详细地反映出来。

教学队伍情况，包括其他主讲教师的基本情况（与课程责任人的情况介绍相同）和对年轻教师队伍的培养情况。

教学大纲、教学计划与纸质文本的内容相同，并且要随着教学计划、教学大纲的修订修改，及时对网页内容进行更新。

课程内容和习题情况，包括课程内容设计、教学内容组织与安排、实践教学内容与方法等，主要通过电子教案反映出来，制作形式可以多样化。

教学条件，包括教材及相关资料、实践教学条件、网络教学环境等。

教学方法与手段，包括多种教学方法的使用及其教学效果和考试改革、现代教育技术的应用。

教学效果，包括教学同行评价、学生评价等。学生评价既包括学校每学期开展的学生对任课教师的课堂教学评价结果，也包括本课程 BBS 站中学生的评价。

有关部门还曾专门颁布了精品课程录像上网的技术标准，主要包括如下几个方面。

1. 录像环境（即讲课教室）安静、光线充足，教师衣着整洁，讲话清晰，板书清楚。

2. 音频素材采集的技术要求有以下几点。

（1）数字化音频的采样频率不低于 11KHz。

（2）量化位数大于 8 位。

（3）存储格式为 WAV、MP3、MIDI 或流式音频格式。

（4）音频数据都要制作成流式媒体格式（rm、wma 或 m3u 格式）。

（5）语音采用标准的普通话配音（英语及民族语言版本除外）。

（6）英语使用标准的美式或英式英语配音，特殊的语言学习和材料除外。

（7）音频播放流畅。

3. 视频素材采集的技术标准有以下几点。

（1）视频集样使用 Y、U、V 分量采样模式，采样基准频率为 13.5MHzo。

（2）彩色视频素材每帧图像颜色数不低于 256 色。

（3）黑白视频素材每帧图像灰度级不低于 128 级。

（4）存储格式为 avi 格式，Quick Time 格式、Mpeg 格式或流式媒体格式。

（5）所有视频数据都需要制作成流式媒体格式（rm、ra、wmv 或 asf 格式）。

（6）视频类素材中的音频与视频图像有良好的同步。

（7）视频播放流畅。

4. 视频上网发布标准有以下几点。

（1）发布系统符合国际标准：如流媒体采用了 RTP、RTCP、UDP、MMS、TSP 及 HTTP 等流媒体协议。视频服务器为各高校负责架设的服务器，要求系统运行稳定、可靠，具有较强的冗余能力，支持每天 24 小时不间断服务，保证评审、公示和发布后的正常浏览。

（2）服务器端的视频文件建议使用标准，AVI、WMV、ASF 或 RM 格式，编码方式采用 MPeg-4 标准，使用流媒体服务器对外发布。建议视频格式至少总比特率为 300kbPS、帧速度为 30fps、大小为 320×240。

（3）客户端能够支持的：Windows Media Player 或者 Real One Player 等常见媒体播放器，用户可交互地选择播放音、视频课件，并可对音、视频课件实现播放、暂停、停止、跳跃等功能。

精品课程教学录像应按照本要求制作，连同其他课程教学资源一道存储在本校服务器上，实现对外共享。

三、精品课程建设的重要意义

（一）精品课程建设是提高教学质量和人才培养质量的重要举措

课程教学是实现人才培养目标的基本途径，课程教学质量直接影响人才培养质量。精品课程建设的根本意义在于提高课程教学质量，确保并不断提高人才培养质量。精品课程由于采用新的教育技术如网络技术和多媒体课件技术，可以使课堂教学呈现新的面貌。至少它可以为学生提供更多的第一手资料，还可以节省抄题板的时间，使课堂的节奏加快、信息的密集程度加大，而且效果也更好。一些资料有时候学生光凭着耳朵听，并不知道老师讲什么，如果把文字资料马上放在屏幕上，学生就可以一目了然。同时在网上有 BBS 讨论区，这也提供了全新的交流体制。学生有什么问题随时提出，教师也随时回答。对学生来说这是非常新颖、有效的交流机会，因此说精品课程建设为提高教学质量提供了新的、有效的教学手段。

（二）精品课程建设为各校课程建设提供了一个标准

近年来随着教学内容和课程体系改革的不断深入，在一些高校陆续建设了“名牌课程”“示范课程”“优秀课程”，通过树旗帜来提高教学质量。但是究竟什么样的课程是名牌课程或优秀课程、示范课程？这些课程用什么指标衡量？如何评审？学校间的优秀课程如何比较？由于各校的提法和要求都不一样，因此建立一套科学、合理的精品课程指标体系和良好的评审机制，就显得相当重要。经过专家研究制定的精品课程的指标体系作为一个标准，可以为各校课程建设提供一个重要的参考依据，这将有力推动高校课程的规范化建设。

（三）精品课程建设利用现代化信息技术，实现资源共享，为提高欠发达地区高校的教学水平提供更好的资源

使用现代信息技术将教育信息化的重点引向课程建设，从而改革教学模式带动教学现代化，这是国家在教育领域的一项重要政策，精品课程在这方面做出了表率。在精品课件建设中有一项重要指标，就是要求将精品课程资源上网并且免费向高校开放，是因为精品课程拥有许多优秀的教学资源，优秀的教学经验，因此对于教学资源缺乏的欠发

达地区的高校来说，精品课程建设提供了一个很好的学习资源库。对教学来说它不仅可以为这些地方的高校教师的教学、进修和自身提高提供了一个资源库，同时也为学校的其他课程建设树立了标准和榜样，可以使更多的课程成为精品课程。对于学生来说，它也为他们的学习提供一些参考资料，使更多的学生享受到优质教育，使学生的素质和能力（包括学习能力、实践能力、创新能力、交流能力等）有较大的提高。因而，它不仅可以开阔师生的视野，也可以为学校、教师、学生的各方面发展提供一个新的可以利用的平台。

第四节　精品课程：标准化下创造的成功范例

自从开展精品课程建设以来，全国各省市、各学校都给予了高度重视，在文学理论精品课程的建设中都投入了大量的人力物力，出现了热情高涨、发展迅速的局面，涌现出一批高水平的文学理论精品课程。这里我们重点分析北京师范大学《文学概论》精品课程建设的状况，从中归纳文学理论精品课程的特点。

一、北京师范大学《文学概论》精品课程建设概况

北京师范大学（以下简称“北师大”）《文学概论》课程学术积累非常丰厚。半个多世纪以来几代教师前赴后继，辛勤探索，付出了极大的辛劳。从老一辈学者黄药眠先生到后来的童庆炳先生以及青年一代的王一川先生等，都对文艺学学科和《文学概论》课程建设投注了大量的精力，使得文学概论课成为一门设课历史悠久、学术积淀深厚、教师力量雄厚、施教经验丰富、教学过程规范、教学方法不断创新、深受学生欢迎和好评，在全国高等院校中具有较大影响与示范作用的重点课程，因而《文学概论》被评为全国精品课程可谓实至名归。

二、北京师范大学《文学概论》精品课程建设的特点

（一）深厚的学术积淀和一流的师资队伍

北师大开设文学概论课程的时间很长。经历了几代学者的不懈努力，前辈学者黄药眠先生等就曾经起过奠基性的作用。他的追求真理，不惜牺牲生命的精神成为激励后代

学人成长的传统。对此童庆炳先生曾在《关于文学理论、文艺学学科的若干思考》和《面向未来的思考——文艺学教学改革与教材建设二人谈》等文中都曾经做过描述。在后一文中童先生说："我们北师大文艺学学术群体在文艺学教材建设上做了一系列的工作，对教材编写都很重视。这个传统是从黄药眠先生开始的，他率先编写了文艺学教学大纲。"后来童庆炳先生在学科开拓和教材建设上更是成就卓著，是公认的中国文学理论界的一位重要的带头人。他出版的学术著作和文学概论教材均达10余种，特别是由他主编的《文学理论教程》更是在全国产生了极大的影响，几百所高校选用了这部教材。此外还有《文学理论要略》和《文学理论新编》，它们分别由人民文学出版社和北京师范大学出版社出版，全国自学考试的《文学概论》教材则由武汉大学出版社出版。与之相关的还有《马克思主义与当代美学》《西方文论发展史》《中华古文论选注》《文艺心理学教程》等教材。在童先生的带动下北师大组成了一支学科传统深厚、学科发展居于国内领先水平、梯队合理的教学团队。精品课程的负责人王一川教授同样也是我国知名教授和博士生导师，不仅著述甚多，而且热心于基础课程的教学。他在教学上一丝不苟、风趣幽默，赢得学生的好评。此外，其他几位主讲教师也都是年富力强的教授、博士，这使得该校在学术界的影响也越来越大。

（二）明确的课程定位和教学目标

由于北师大立足于建设世界一流的研究型大学，其课程定位自然高于其他高校。在这门课程的定位上，北师大将其定位为一门思考文学普遍问题的人文学科，以文学的具体原理、概念范畴以及相关的科学方法为其研究对象；以哲学方法论为总的指导，从理论的高度和宏观视野上阐明文学的属性、特点和规律，发掘文学所呈现的人生体验、价值追求；以具体的作品、作家和文学现象为个案，在对具体文本的分析中进行一定的普遍性概括；以文学本质论、文学创作论、作品构成论和文学接受论为其任务。文学概论课主要是培养学生成为具有高度审美与文化素质和实际应用能力的文学专业人才，包括学生的媒介素质、语言素质、形式素质、情感素质、想象素质、思想素质、研究素质等。

这里值得注意的有以下几点。

首先，将文学概论定位为人文科学课程而非以往所说的社会科学课程，充分体现文学与文学理论的人文性特点，不仅更加符合文学的实际，而且对文学理论学科建设更有好处。

其次，将文学概论定位为专业基础课而非像以往那样一味拔高文学理论的地位，为其注重文学现象个案分析的教学提供了坚实的理论基础。以往一些学者经常拔高文学理论的学科地位，过分强调文学理论的抽象性，使得这门课程高高在上，远离学生，于教学百害而无一利。

最后，强调通过这门课程的教学培养学生的多方面素质——媒介素质、语言素质、形式素质、情感素质、想象素质、思想素质、研究素质等，使之成为具有高度审美与文化素质和实际应用能力的文学专业的创新人才，这样做使得具体的目标更加明确更加细化。

（三）明晰的教改思路——“文学理论教学的双向拓展”

“文学理论教学的双向拓展”原是北师大开发的一个教育部文艺学教改项目，曾获得过国家级优秀教学成果奖。所谓“双向拓展”是指向宏观和微观两方面拓展，一方面从宏观方向拓展，向宏观的跨学科的文化研究拓展，让学生始终关注学术前沿，关注当前正在兴起的文化研究思潮。另一方面从微观方向拓展，就是强调文本的分析，通过文学作品的解析，展示文学作品的分析实践过程。两方面相互交叉、渗透和共生，极大地有助于全面揭示文学现象的丰富内涵与深层奥秘。这一点在具体的教学过程中表现得非常明显。这里仅举一例：在《文学概论》的第三讲“文学与文学理论”中，王一川教授深入剖析诗人牛汉写的《夜》（1997）和张承志的中篇小说《北方的河》（1984）中的一段，引导学生思考：诗的特性是什么，诗在人生中的作用是什么，小说与诗有什么关系等文学中带有普遍性意义的诗学或文学理论问题。这些从具体文学作品的关注进展到对普遍的文学现象的理性思考，就是文学理论。所以王老师说：“文学理论一词，顾名思义，涉及关于文学的各种理性谈论，这种对于文学的理性谈论对你并不陌生。当作家不满足于仅仅写作文学作品而是要直接告诉人们自己这样写的意图时，当读者不局限于只是阅读一部文学作品而是想把它同对于别的文学作品的阅读体会联系起来比较时，文学理论就已经出现了。可以说文学理论是就那些不满足于仅仅写作或阅读文学作品、而是渴望了解更多的人们的行为而说的。”这样的教学言说既分析了文本，又进行了概括，极有说服力。

（四）丰富的理论资源

首先，北师大深厚的学术积累就是学生受用无穷的理论资源，其次，这门课程使用的教材《文学理论教程》，在教学中收到了很好的教学效果，而且在全国也已产生了重大影响，目前已经被全国几百所高等院校作为文学理论的教材使用。列入课程资源的其他教材和参考资料还有《文学理论》《美学与美育》《马克思与现代美学》《文艺心理学教程》《西方文论史》《文学活动的审美维度》《大众文化导论》《文学概论新编》《文学概论》《文学理论讲演录》等。

为了促进学生主动学习，该课程使用了不少扩充性资料。如《20 世纪中国文论经典》《20 世纪外国文论经典》《修辞论美学》《中国形象诗学》《中国现代性体验的发生》《美学散步》《李长之批评文集》《后现代主义与文化理论》《二十世纪西方文学理论》《文学理论》等。除此之外，课程资源扩展资料还收录了北师大教师的一些与本门课程教学相关的论文，如《现代英雄神话的回光返照》《隋抱朴与“启蒙先于行动”》《结巴也疯狂》《在 90 年代先锋写作的前沿》《言语的狂欢》《文明与文明的野蛮》《文化虚根时段的想象性认同——金庸的现代性意义》等，有利于开拓学生的视野。

此外在课程资源部分，还专门设立了术语词典，对教学中出现的 80 多个名词术语做出了解释，方便学生的学习。

还应该指出的是，这个精品课程的网上资源事实上不仅是针对本科生教学的，还融入了研究生教学的一些内容。这样把研究生的课程资源与本科生的资源实现共享，使得本科生一开始就能接触研究生的学习资源，对于开拓他们的视野，促进今后的学习是有一定帮助的。

（五）现代化的教学方法

传统的教学方法是以教师的讲授为主，甚至只强调教师的讲授而忽略学生的参与。而这次的精品课程则采取传统教学方式与现代教学方式相结合，多种教学方法包括课堂讲授、组织讨论、作业方式灵活使用，使得教学方法更为多样。课堂讲授注重知识传授和原理讲解，主要包括课堂讲授、讲解、名家讲座；组织讨论关于侧重加强学生理解和拓展研究，主要包括讨论、答疑、课后读书报告；作业方式关注学生知识扩展和思想创新，主要包括随堂论文、文艺现象讨论、专题小报告和综合考试。多种教学方法的灵活使用既加强了学生对各种文艺现象的感性把握，又加深了对理论问题的理解，更鼓励学生进行拓展型学习，但是这还不是这个课程的最大特色，这个课程最大的特色在于它使用的现代教育技术在全国同类课程中更显先进。这主要包括多媒体教学（包括 PPT 展示、实物展示和网络展示）、戏剧观摩和讨论、影视文艺作品展播等。其中最为出色的是，网络互动交流，学校先进的网络课堂教学环境、网上课程论坛与电子邮件通讯等，为双向互动式教学提供了必要的设备条件保障，成功实现课堂教学向课堂外的无限延伸。

（六）别具一格的学习导航

对于文学理论的学习，几乎所有的学习者都感到为难，因此学习指导对于学生而言也是非常重要的。在这个精品课程中，北师大的老师结合自身的实际，为学生设计了一个别具一格的学习导航。他们将大学学习的特点和中文系学习的要求以及本门课程学习的一些特殊性结合起来，指出大学主要学习形态有三种：通学、专学、兼学。通学也就是博学，尽可能广泛、广博地学习，多方面多角度地吸收知识，培养多方面的兴趣、爱好和特长，既要学习专业知识，也要学习课余知识。中文专业大学生既要学习书本知识，也要培养体验人生、体验艺术的能力。专学就是集中学习专门的知识和技能，掌握具体的专门领域的知识和技能。兼学就是上述两种形态的兼顾，既学习广博的知识也学习专门的知识和技能。因此大学的学习产品即人才有三种类型：通才、专才、兼才。

通才是指偏重于通学的人才，如作家、记者、编辑、秘书、公务员等。专才是指偏重于专门知识与技能的人才，如批评家、学者、大学教师、研究人员或文化机构管理人员等。兼才是指在广博知识和专门技能两方面兼备或趋于平衡的人才，既可以做编辑、记者、作家等，也可以做研究人员、学者、大学教师等。对于学习者而言要不断反思自己与所处的条件，寻求适合于自己的个体选择。想成为通才，可以更多地偏重于通学；想成为专才，可以更多地偏重于专学；想成为兼才，可以更多偏重于兼学。为此要根据自己的选择处理好如下关系：课内阅读与课外阅读，专业训练与跨专业兴趣，以往知识继承与新知识探寻，占有型吸取与生存型体验等的关系。王一川老师将研究生读书会的设想、做法等放置在网站里，提出了读书会的指导思想、功能、读书会关注点、读书会活动方式等，特别是读书建议部分，王老师结合自己做博士论文的经历，提出了以下建议。

第一，知建树，究得失。在总体上知晓该书的学术建树（如学术贡献、特点、地位、影响及意义等），同时不忘在细节上探究其治学得失。在充分尊重著者学术建树的基础上，冷静地评判其具体治学长短，这对研究生自主地选择正确的学术道路非常有益。

第二，取人长，开己窍。读他人的书，应当全力以赴地吸取其长处或优点，由此促使自己开窍，获得宝贵的学术灵感。

第三，他失九不及己得一。指出他人的九处缺点或过失，也不及自己亮出哪怕是一处优点来！名家得失固需评析，但自己建树更为根本。一个成熟的学人，应当时时处处问自己：换了是我，该怎么做？往哪里做？做得怎样？做得比他好吗？

第四，读人书，想己事。落实到具体的读书过程，就是要求一边读书一边想自己该怎么治学。这样的读书才有真正的收获，将别人的书直接读成自己的了。

第五，先梳理，后立说。研究生诚然应当努力创新，但创新应建立在对现有学术成果的了解与尊重上。在提出一种个人论点前，首先应梳理前人或他人已有的工作，否则就可能落入雷同、重复、空泛等陷阱，提出新论前小心翼翼地求证是必要的。

第六，广读书，小落笔。做学问时则应从小处落笔，将广泛的兴趣沉落到细小的问题上，“广读小落”，才会做出真正的学问来。

第七，读西书，做中学。研读西方学者的优秀成果十分重要，不过，作为中国人更重要的是时时处处想到自己的学术发展——研究中国自己的学术问题，做出中国学者自己的学问。

第八，谈空不如做实。文学理论专业的一个通常弊端是空想多而实干少，天马行空地畅想却找不到具体落脚的地面。因此个人在读书时悉心寻找个人治学的具体落脚地面，例如文本分析或个案研究等。

这些建议虽是针对研究生而言，但是对本科生的指导作用无疑也是很大的。

（七）多样的实践教学和良好的学习效果

实践教学是以往理论教学中不太重视的环节。我们的理论教学往往习惯于高高在上的讲授而忽略学生的接受与实践，虽然也常说要理论联系实际，但是联系实际的形式十分单调，无非是让学生写作业等。北师大的精品课程的实践教学环节则有其独特之处。如在导论部分结合学习导航，设计了如下思考与练习题目：中文专业学生怎样学文学？试结合自己的个人情况，想想怎样在未来四年的学习中具体实践“独提斯文做翻转”（“读、体、思、问、做、反、专”）。王老师对中文专业学生怎样学文学提出七个学习方法：①读。广泛阅读古今中外文艺创作文本（文学作品）和研究文本（研究论著）。②体。注重体验，体验文学艺术以及文学艺术中的人生。③思。勤于思考文学文本中触及的问题。④问。善于提问，问同学、问老师、问书本、问他人。⑤做。实际动手做学问——读、说、写、考。⑥反。随时回头反思走过的道路，及时做出调整或转变。⑦专。寻找并形成具体专业兴趣、培养具体专业特长，切忌贪多求全。随后又进行了课堂署名调查问卷：①你在高中阶段修习过哪些文学理论课程？（如有，请开列出课程名称）②到目前为止你完整地通读过哪些文学理论著述或相关著述？（请开列出书单）③你希望本课程讲授哪些内容？④你希望自己从本课程中收获什么？⑤你愿为此而付出哪些努力？另外在第一讲《我的文学阅读体验》中设计的思考题：一是文学阅读对于个体成长有什么意义？二是文学阅读在文学研究中具有怎样的地位？作业：谈谈我的文学阅读记忆。要求在这个总题目下，写一篇 800 至 1500 字的学术论文或学术随笔。

这里有几点是值得赞赏的。

一是课堂署名调查，为教师了解学生的知识积累，设计或者调整教学安排提供依据，同时学生也可以进一步认识知识基础与理论学习之间的关系。

二是让学生思索自己今后的学习设计，这既是教学的需要，也是理论教学对学生思维训练的一种方式。

三是以文学阅读记忆为题作文，不仅注重文本分析与阅读经验的再现，而且降低文学理论的抽象性，使学生消除理论学习的恐惧感，使理论学习更具亲和力。

此外，在课程中他们还设计了一系列研究性学习题目和研究性论文题目，学生对此也写出了不少很有见地的文章，从中也可以看出课程教学的显著效果。

文学理论教学改革以及精品课程项目建设目前在全国各个高等院校正如火如荼地开展起来，由于文学理论在各个学校几乎都是比较受到重视的课程，很多学校和省市也都把文学理论课程作为重点课程或者精品课程进行建设，因此所涌现出来的成果也非常多。尽管有些课程的某些方面不是有很高的水准，但是这也毕竟说明我们的文学理论教师和理论工作者都在尽心尽力地为推进这门课程的建设和这个学科的发展不断努力着、工作着。因此我们完全有理由相信，文学理论不仅不会落后，而且还会有一个更加美好的明天。

参考文献

[1] 刘芊玥 . 情感教育与文学理论教育的未来 [J]. 语文新读写 ,2021(09):3-5.

[2] 曹佳丽 . 文学理论课程在高校女生性别教育中的路径与价值——兼及西方性别理论的本土化思考 [J]. 长江丛刊 ,2020(10):139-140.

[3] 戴宵 . 向灯火而去：一场关于文学与教育的跋涉——读《生命的拔节声响——基于卓越专业人才培养的文学理论课程创新建设》[J]. 读写月报 ,2020(09):19-22.

[4] 肖明华 . 回到文学理论学科反思的初衷——当代文学理论学科反思再讨论 [J]. 河北师范大学学报 (哲学社会科学版),2020,43(01):68-74.

[5] 滕思阳 . 人教版初中语文儿童文学作品情感教育教学探究 [D]. 内蒙古师范大学 ,2018.

[6] 桂诗春 . 桂诗春学术研究文集 [M]. 上海外语教育出版社 : 中国知名外语学者学术研究丛书 , 201707.662.

[7] 罗譞 . 高等教育现代化语境下文学理论课程的教学困境及教改思路浅探 [J]. 文教资料 ,2017(09):35-37.

[8] 焦儒旺 , 曾三友 , 李晰 , 李长河 . 基于学习的动态多目标方法求解约束优化问题 [J]. 武汉大学学报 (理学版),2017,63(02):177-183.

[9] 赫亚红 , 孙保亮 . 浅析高等师范教育文学理论课程的教学模式 [J]. 吉林省教育学院学报 (下旬),2015,31(10):72-73.

[10] 艾艳红 . 浅谈人文教育在文学理论教学中的作用 [J]. 青春岁月 ,2015(19):76+75.

[11] 莫敏 , 唐洁璠 . 高等教育综合改革背景下文学理论课程教学模式探析 [J]. 梧州学院学报 ,2015,25(01):76-80.

[12] 何先慧 . 加强文学理论教学中的政治思想教育 [J]. 文教资料 ,2014(23):57-58+72.

[13] 李冠华 . 打破专业壁垒 , 抛弃过度阐释——对独立学院文学理论类课程教学的思考 [J]. 考试周刊 ,2014(50):159-160.

[14] 孙宏哲 . 适性教育在民族院校文学理论教学中的运用 [J]. 民族高等教育研究 ,2014,2(02):75-78.

[15] 王坤 . 文学理论的双重性 : 知识生产与文学教育 [J]. 中国中外文艺理论研究 ,2012(00):73-83.

[16] 张丽青 . 文学理论课对当代大学生人文素质教育的意义 [J]. 内蒙古师范大学学报 (教育科学版),2013,26(01):89-91.

[17] 龚赟 . “湿”营销——网络营销的一匹黑马 [J]. 新闻知识 ,2012(06):81-82+64.

[18] 张大为 . 教育学视野中的当下文学理论困局 [J]. 天津大学学报 (社会科学版),2012,14(03):268-273.

[19] 李薇薇 . 用文学理论教历史——浅谈中学历史教学中的情感教育 [J]. 科教文汇 (中旬刊),2012(02):110-111.

[20] 孔莉 . 杜威实用主义教育思想对文学理论教学的启示 [J]. 中国成人教育 ,2012(03):113-115.

[21] 石群山 . 丰子恺艺术教育对文学理论教学的启示 [J]. 桂林师范高等专科学校学报 ,2011,25(03):55-59.

[22] 陈莉 . 帅康试水“湿营销”[J]. 电器 ,2011(01):47.

[23] 李光斗 . 湿营销 : 网络时代的传播秘笈 [J]. 经济 ,2010(08):112-113.

[24] 吕燕 . 更新教育理念 , 培养实践型人才——文学理论课程教学改革途径探索 [J]. 吉林省教育学院学报 ,2010,26(03):89-91.

[25] 余艳 , 杜吉刚 . “元理论”视野下的文学理论学科建设及文学教育研究 [J]. 商丘师范学院学报 ,2009,25(10):40-42.

[26] 尹缉熙 . 关于内地民族专科学校西藏初等教育专业“文学理论”课教学的思考与实践 [J]. 民族教育研究 ,2005(04):75-76.

[27] 李长风 . 创建以阅读为中心的高师文学理论素质教育教学模式 [J]. 西南民族大学学报 (人文社科版),2003(11):258-261.